岩波文庫

32-801-1

# やし酒飲み

エイモス・チュツオーラ作
土屋 哲訳

岩波書店

Amos Tutuola

# THE PALM-WINE DRINKARD

AND HIS DEAD PALM-WINE TAPSTER

IN THE DEADS' TOWN

1952

# 目　次

# やし酒飲み

わたしは、十になった子供の頃から、やし酒飲みだった。わたしの生活は、やし酒を飲むこと以外には何もすることのない毎日でした。当時は、タカラ貝だけが貨幣として通用していたので、どんなものでも安く手に入り、おまけに父は町一番の大金持ちでした。

父は、八人の子をもち、わたしは総領息子だった。他の兄弟は皆働き者だったが、わたしだけは大のやし酒飲みで、夜となく昼となくやし酒を飲んでいたので、なま水はのどを通らぬようになってしまっていた。

父は、わたしにやし酒を飲むことだけしか能のないのに気がついて、わたしのため専属のやし酒造りの名人を雇ってくれた。彼の仕事は、わたしのため毎日やし酒を造ってくれることであった。

父は、わたしに、九平方マイルのやし園をくれた。そしてそのやし園には五十六万本のやしの木がはえていた。このやし酒造りは、毎朝、百五十タルのやし酒を採集してきてくれたが、わたしは、午後二時まえにそれをすっかり飲みほしてしまい、そこで、彼はまた出かけて夕方にさらに七十五タル造っておいてくれ、それをわたしは朝まで飲んでいたものだった。そのためわたしの友だちは数え切れないほどにふくれあがり、朝から深夜おそくまでわたしと一緒に、やし酒を飲んでいたものでした。ところで、十五年間かかさず、このようにやし酒造りは、わたしのためやし酒を造ってくれたのだが、十五年目に突然父が死んでしまった。父が死んで六カ月たったある日曜の夕方、やし酒造りは、やし酒を造りにやし園へ行った。やし園に着くと、彼は一番高いやしの木に登り、やし酒を採集していたが、その時ふとしたはずみに木から落ち、その怪我がもとでやしの木の根っこで死んでしまった。やし酒を運んでくれるのを待っていたわたしは、いつまで待っても彼が戻ってこないし、今までにこんなに長くわたしを待たせたこともなかったので、友だち二人を呼んでやし園までいっしょについていってもらうことにした。やし園に着いてからやしの木を一本一本見てまわり、そのうちに彼が倒れて死んでいるやしの木の根っこをみつけた。

彼がそこに死んでいるのを見てまずわたしが最初にしたことは、もよりのやしの木に登り、自分でやし酒を採集し、現場に戻るまえにやし酒を心ゆくまで飲むことだった。それから、やし園までついてきてくれた友だちの助けをかりて、やし酒造りが倒れていたやしの木の根っこに穴を掘って、彼を埋めてお墓をつくり、それからわたしたちは町へ帰った。

翌日の早朝には、やし酒は一滴もなく、その日は一日中今までのようなしあわせな感じが消えてなくなり、わたしは気むずかしい顔をして客間に坐ったきりだったが、そうやってやし酒を一滴ものまないで三日たった時、友だちの足もピタリと途だえて、わたしの家に寄りつかなくなってしまった。やし酒の飲めない家にはもう用がないというわけなのだ。

やし酒を一滴も飲まないまま家で一週間すごしてから、わたしは町に出て、友だちの一人に会い、挨拶を交わしたが、彼は、ただそれに答えるだけで、わたしに近づこうともせず、急ぎ足で立ち去って行った。

そこでわたしは、あらためて新規に、やし酒造りの名人を探しはじめたのだが、わたしの要求をみたしてくれるだけの量のやし酒を造れる人はいなかった。そこで飲むやし酒がなくなった時、今までは口にもできなかった普通の水をのみはじめ、それで足りない分を補ったのだが、やし酒のように満ち足りた気持ちにはなれなかった。

やし酒もなく、またわたしにやし酒を造ってくれる人がいないことがわかった時わたしは、「この世で死んだ人は、みんなすぐに天国へは行かないで、この世のどこかに住んでいるものだ」という、古老たちの言葉を思いだした。それで、もしそれが本当なら是が非でも、あの死んだやし酒造りの居所をつきとめてみせると誓ったのだった。

ある晴れた朝、わたしのもって生れたジュジュ juju と、それに父のジュジュまでも、全部身にまとい、わたしは、死んだやし酒造りの居所を探しに、住みなれた父の町を旅立った。

当時はまだ、粗暴な野獣がたくさんいて、いたるところ奥深い森林 bush や森が広がり、その上、町とか村といっても今日ほど隣接していない状態だったので、何日も何カ月も森林のなかで寝て、時には、森林の共謀者でもある精霊などから、生命を守るため、木の枝の上で寝たりしながら、森林から森林へ、森から森へと旅をつづけ、町や村に着くのに、二、三カ月もかかることがしばしばだった。町や村に着いたときはいつでも、その住民たちから、やし酒造りの消息を聞きだすために、大体四カ月ぐらいは滞在し、彼がまだこの町に来ていなかった場合には、次の町や村へと旅をつづけるのだった。このようにして、故郷の町を出てから七カ月たって、わたしはある町に着き、ある老人の所へ行った。この老人というのは実は人間ではなく神様で、わたしが行った時丁度妻と食事をしているところだった。家へ入って挨拶すると、彼らは丁重にわたしを迎えてくれた。神である彼の家に、人間が、わたしのように気軽に、入ってはならないのだが、わたし自身も神でありジュジュマン juju-man だったので、この点は問題がなかった。老人(神)に、「実はしばらくまえわたしの町で死んだやし酒造りを探しているのです」と話すと、彼はわたしの質問には答えないで、そのまえにわたしの名を名乗れと言うので、この世のことならなんでもできる〝神々の〈父〉〟だと答えてやった。「それに相違ないな」と、念を押すので「相違ない」と言った。すると老人は、未知の場所にいる、多分別の町に住んでいる彼と同郷のかじ屋のところへ行って、彼が注文しておいた品をまちがいなく持ってくることができたら、わたしが〝この世のことならなんでもできる、やおよろずの神の〈父〉だ〟ということを信じ、やし酒造りの居所を教えてやろうと、難題をふっかけてきた。

この老人がそう言って約束してくれたので、わたしは早速、出かけて行った。しかし一マイルばかり行ってから、わたしはジュジュの一つを使い、またたくまに、非常に大きな鳥に姿を変えて老人の家に飛びかえり、屋根の上に止まっていると、やがておおぜいの人々が集まってきて、老人の家をとりかこみ、鳥の姿の、屋根上のわたしを見ていた。おおぜいの人々が自分の家をとりかこみ、屋根を見ているのに気がついて、老人は、妻といっしょに家から出てきて、屋根の上にいるわたし(鳥)を見て、妻に、「あの男に、かじ屋に命じて作らせておいたベルを、もってくるよういいつける代りに、この鳥の名を言わせてもよかったのだ」と、話した。彼のこの話をきいた瞬間、彼がベルを注文していたのだなということがピンときたので、わたしは早速かじ屋の所へ飛んで行って、「あの老人(神)から、注文の品ベルをもってくるように、いいつかりました」と、言った。するとかじ屋はすぐベルを渡してくれたので、わたしはそれをもって、老人のもとに帰って行った。わたしがベルを持って帰ってきたのを見て、老人と妻はびっくり仰天し、同時に、また強いショックを受けたのだった。

老人は、妻に命じて食事を出させ、食事が終わってからまたわたしに、もう一つ難題をふっかけてきて、それをやり終えるまでは、やし酒造りの居所を教えるわけにはいかぬというのだった。翌朝六時半に老人(神)は、わたしを起し、その町の地面と同じ色の、広くて丈夫な網をわたしに渡し、「死神《しにがみ》」をこの網でくるんで、「死神」の家から連れてこいというのです。老人の家や町から一マイルばかり離れた所にきた時、いつのまにやら、道路が交差している町にきていた。さて、どの道が「死神」の道なのか、皆目見当がつかず、途方にくれていたのだが、たまたまその日は、市の立つ日だし、市場へ行った連中がそろそろ帰ってくる頃だということを思い出し、わたしは道路の合流点のど真中で、頭、左手、右手、両足をそれぞれ五つの道路の方向に向けて大の字になって、ねたふりをしていた。やがて市場から帰ってきた人々は、わたしが道にねそべっているのを見て、「このすてきな子の母親は、一体誰だろう。この子ったら頭を「死神」の道に向けてねているじゃないか」と、口ぐちに叫びあったのだった。

そこでわたしは、「死神」の道を歩きはじめ、八時間ばかり行って「死神」の家に着いたのだが、途中この道で人間には一人も出会わず、ますますうす気味悪くなった。彼(「死神」)の家に着いた時、「死神」は、すぐ傍のヤム園に出ていて家にはいなかった。そこでわたしは、ベランダにころがっていた小さな太鼓を、挨拶の合図に打ちならした。「死神」は、太鼓の音を聞いて、「その男はまだ生きているのか、それとも死んでいるのか」と、言ったので、「まだ生きております。死人じゃありません」と、わたしが答えてやった。

その返事を聞くとたちまち、「死神」は立腹激昂し、一種の擬声を使って、太鼓に、太鼓のヒモでわたしをその場でしめつけるよう、命じた。そして実際にわたしは、太鼓のヒモでしめつけられ、息もできないほどになったのだった。

ヒモで呼吸ができなくなり、また体じゅう出血多量のため、死んでしまうのではないかと心配して、わたしも、負けてはならじと、ヤム園のヤムのロープとヤムに命じて、彼をしめつけさせ、ヤムのクイには、彼を打つように命じた。わたしがそう言いおわるとたちまちにして、ヤム園のヤムのロープは、一斉に「死神」を強くしめあげ、ヤムのクイは一斉に「死神」に打擲の雨を降らせたので、さすがの「死神」もそれを見て、わたしをしめ上げていた太鼓のヒモに命じて、ゆるめさせたので、わたしは自由の身になることができた。そこでわたしも、ヤムのロープには、ゆるめるよう、ヤムのクイには打つのをやめるよう命じ、「死神」もその場で自由の身になったのだった。ヤムのロープとヤムのクイから自由になった「死神」は、家に戻り、ベランダでわたしと会い、固い握手を交わし、わたしに家に入るよう言い、一つの部屋に通してくれた。しばらくすると食事を運んできて、一緒に食べてから、次のような話をはじめた。「どこから来たのだ」と訊いたので、わたしは「ここからそれほど遠くないある町から来た」と、答えた。つづいて彼は「何しにここへやってきたのだ」と訊いてきたので、「わたしの町やこの世の中であなたのことを耳にしてきたので、いつか折をみてあなたに会って、あなたのことをじきじきに知りたいものだと、かねてから心ひそかに考えておりました」と答えた。すると彼は「この世の中の人々を殺すことだけが、私の仕事なのだ」と言って、立ち上り、ついてこいと言うので、言われるとおりにわたしは、ついて行くことにした。

彼は、彼の家とヤム園を、隅から隅まで案内してくれ、一世紀前からの、彼が殺した人間のガイ骨とかその他色々のものを、見せてくれたのだが、見たところによると彼は、人間のガイ骨を燃料に、頭ガイ骨をタライとか皿とか大コップの代りに使っていた。

彼の近くで、または彼と一緒に、住んでいる人は一人もなく、彼は全くの孤独で、森林の動物や鳥でさえ、彼の家からは遠く隔たり、絶対に寄りつこうとはしなかったのだった。夜が来てわたしがねむたくなった時、彼は黒くて広い掛け布と、それに独立した寝室をわたしに提供してくれたので、その部屋に入ってみると、ベッドというのは実は人間の骨でできていた。それを見ただけでも、またその上で寝るのだと思っただけでも、背筋がゾッとしてきたので、わたしはベッドの下でねることにした。彼が何か策略を企んでいることがわかっていたからだ。ベッドが恐ろしくて下に寝たものの、それでも人間の骨が怖くて下でもねむることができず、目をさましたまま横になっていると、ま夜中の二時頃に、驚いたことに誰かが重いこん棒を手にして、あたりの様子をうかがいながら、部屋に入ってくるではありませんか。その男は、わたしにねるように言いつけてあったベッドの近くまでやってきて、全力をふりしぼって、こん棒でベッドの中央部を二度、三度と叩きつけ、足音を忍ばせながら帰って行った。彼は、わたしがそのベッドにねているものと思い、わたしを殺したものと思いこんでいたのだった。

しかし翌早朝の六時に、わたしの方から目をさまして、彼の寝ている部屋へ行き、彼を起したのだが、わたしの声を聞いて彼はびっくり仰天し、そのためベッドから起き出した時には、わたしに挨拶一つできなかったほどだった。昨夜てっきりわたしを殺したものとばかり思っていたからだ。

二日目の夜は、彼は何もしようとはしなかったが、今度はわたしの方が、夜の二時に起き出し、町に通じる道を彼の家から四分の一マイルばかり歩いた所で立ち止り、道の真中に彼(死神)と等身大の穴を掘り、その上に、老人が彼(死神)をつれてくるようにといってわたしに渡した例の網を拡げ、家に戻ったが、このワナを仕掛けている間に、彼はまだ目をさましていなかった。

朝六時に彼の部屋の戸口へ行き、いつものように彼を起し、けさわたしの町に帰りたいから、しばらくわたしの道案内をしてほしいとたのんでみた。すると彼は、寝床から起き出し、わたしのいう通りに道案内をしてくれた。そしてちょうど穴を掘ってあった所へ来た時、わたしは、道ばたに腰をおろしながら、彼にも坐るように言った。ところが彼は、網の上に坐ったので、穴に落ちこみ、わたしは難なく彼を、網でグルグル巻きにして、頭にのせ、「死神」をつれてくるように言いつかった老人の家へと、道を急いだ。

その途中彼は、わたしから逃げるか、それともわたしを殺そうと、あらゆる機会をうかがっていたが、結局わたしは、そんな機会を与えるようなへまはしなかった。八時間ほど歩いて町に着いた時、わたしは、「死神」をその家からつれてくるように言った例の老人の家へ直行した。老人は自分の部屋にいたので、彼を呼んで、仰せの通り「死神」をつれて来たと報告をした。「死神」をつれてきたという報告をきき、その上、現に目の前のわたしの頭の上にいる「死神」を見た瞬間、彼はすっかりうろたえて、まさか「死神」をつれ出せる者がいようとは、と驚きの叫び声をたて、わたしには、今すぐ彼(死神)を元の家に連れ戻すようにいいつけておいて、老人は、大急ぎで自分の部屋に入り、戸や窓を全部閉めはじめたのだが、窓の二、三枚も閉めおわらないうちに、わたしは老人の戸口の前に「死神」を放り出してやった。するとその瞬間、網の目はこなごなに切れて、「死神」は出口をみつけたのだった。

老人と妻は、窓から逃げ出し、町の住民も皆、財産をあとに置いたまま、命からがら逃げて行った(今までに、「死神」の家へ行って無事に戻ってきた者は一人もいなかったので、わたしが、「死神」の家へ行けば、必ずや「死神」はわたしを殺してくれるものと、老人は思っていたのだが、わたしには既に老人の手のうちがわかっていたのだった)。

「死神」の家から「死神」を連れ出したその日から、「死神」には永住の場所がなくなりました。わたしたちがこの世で「死神」の名をよく耳にするようになったのは、そのためなのです。そして、以上が、前から探し求めていたやし酒造りの居所を知りたい一心で、老人に言われるままに、「死神」を老人のもとに連れ出してきた話である。

ところが、「死神」の家から「死神」を連れだしてくれれば、やし酒造りの居所を教えてやろうと約束してくれた老人は、妻もろとも、命からがら町から逃げ出してしまったので、わたしとの約束をついに果すことができなくなってしまったのだ。

そこでわたしは、やし酒造りの居所を知ることができないまま、その町を去り、また新しい旅に出かけた。

その町を出て五カ月目に、それほど大きくない、しかし有名な大きな市場のある町に着いた。町に入るとすぐわたしは、町の長の家へ行った。彼は親切にわたしを迎えてくれ、しばらくたってから、妻の一人に、食事を出すよういいつけ、わたしが食べおわると、やし酒を出すようにいいつけた。わたしは、自分の町にいた時のように、まだやし酒造りが生きていた時のように、やし酒を飲みすぎるほどガブガブ飲んだ。差し出されたやし酒を十分たんのうしてから、わたしは、欲しかったものを、今ここで手に入れることができたと、お礼を申し述べた。心ゆくまで食べ、飲んでしまってから、わたしを賓客として迎えてくれた町の長は、改めてわたしの名を訊くので、「この世のことはなんでもできる、やおよろずの神の〈父〉」と呼ばれていると答えた。それをきいて彼は、恐怖のあまり、気が遠くなった。そのあとで、「何のためにここへ来たのか」と、訊くので、「わたしの町で少し前に死んだやし酒造りを探しているのだ」と、答えた。すると彼は、やし酒造りの居所を知っていると言うのです。

そして更に、言葉をついで、「もしあなたが、町の市場で奇妙な生物に誘拐されたわたしの娘を探し出して連れ戻してくれれば、そのお礼にやし酒造りの居所を教えよう」と、約束してくれた。

そして、「あなたが、〝この世のことはなんでもできる神々の〈父〉〟だというのなら、こんなことぐらい造作のないことでしょう」と付け加えた。

彼の娘が、市場から、奇妙な生物に連れていかれたということは、わたしは全然知らなかった。

わたしは、奇妙な生物に誘拐された娘を探しに行くのを断わりかけたのだが、その時自分の名のことを思い出し、その名の面目にかけても断わるわけにはいくまいと思い直して、娘を探し出すことを承知した。この町には、娘が誘拐された大きな市場があった。市の縁日は、毎月五の日と決められ、その日には、その町や近隣の村の住民、それに様々の森林や森の精霊や奇妙な生物が、品物を売買するために、市場に群がってきた。市は夕方四時に閉じることになっており、集まった人々は、四時になると、てんでに自分の目的地や、自分の来た所へと、戻って行くのだった。ところでその町の長の娘は、美しい商人で、市場からつれ去られる前に、父から結婚を迫られていたのだった。その前にも彼女は、父からある男と結婚するようにいわれ、断わってきたのだが、誰とも結婚する意志が娘にないことがわかった時、父は、娘の意志を一方的に無視して、ある男に彼女をやる約束をしてしまった。でもこの娘は、父がひき合わせた男との結婚を、頑強に拒んだので、父はサジを投げたかっこうで、彼女を好きなようにさせておいたのだった。

さて、この娘は、まるで天使のように大そう美しかったのだが、彼女をくどきおとせる男は一人もいなかった。ある日、彼女はいつものように、市の立つ日に市場に出かけ、いつもの品物を売っていた。そしてその日に、彼女は市場で、素性も知らなければ、また今までに一面識もない奇妙な生物を見かけたのだった。

## 奇妙な生物の描写

その男は、美しく〝完全な〟紳士だった。彼は、この世でもっともすばらしく、もっとも高価な服を身にまとい、背丈が高く、すらっとして、しかも屈強で、身体のどこをとってみても、完璧だった。もしもこの紳士が、市場へやってきた日に、商売用の品物か動物として売りに出されたとすれば、少なくとも二千ポンドはしたことだろう。だから、このような完全な紳士を市場で見かけた時、彼の住所を聞くことがこの娘にできる精一ぱいのことだった。ところがこのすばらしい紳士は、それには答えもしないで、また近づこうともしなかったのだ。彼が耳を貸そうともしないのに気がついた時、彼女は、自分の品物を放りっぱなしにして、完全な紳士の市場での動きをじっと観察しはじめたので、品物の方は、すっかり売れのこってしまったのだった。

その日の市が終わった時、人々はそれぞれの目的地へ帰り、完全な紳士も自分の住居に帰りかけた。ところで、この紳士を市場でずっと追いまわしていたこの娘は、他の人々と同じように彼が目的地に帰るのを見て、その跡をつけて、未知の土地へついていくのだった。道の途中で、彼は娘に、跡をつけないで家へ帰るよう言いきかしたのだが、娘は、言うことを聞き入れようとはしなかった。そこで完全な紳士は、ついに言いくたびれてしまい、好きなようにしろと、彼女のなすがままにさせたのだった。

**「面識のない男の美しさを追ってはならない」**

市場から十二マイルばかり離れた時、彼らは、今まで来た道をそれて、恐ろしい生物だけが生息する底なしの森に入りはじめた。

**「身体の各部分を、その所有主に返す。すなわち、完全な紳士の身体の借りた部分を、返すこと」**

この底なしの森を旅行していた時、市場では完全な紳士だった、そして娘が跡をつけてきたこの男は、借り賃を払いながら、自分の身体の借りた部分を所有主に返しはじめた。左足を借りた所へやってきた時、彼は左足を引っこ抜いて、所有主に渡し、借り賃を払い、彼らはまた、旅を続けた。右足を借りた所でも、左足と同じように、右足をもぎとって所有主に返した。そして両足を返してしまったので、彼はとうとう地面を這い出した。その時になって娘は、自分の町や父のもとへ帰りたくて仕方がなかったのだが、身の毛もよだつようなこの奇妙な生物、完全な紳士は絶対にそれを許そうとはしないで、「この恐ろしい奇妙な生物の所領である底なしの森に入る前に、わたしはちゃんとあなたに、ついてこないように申した筈だ。今、半体の不完全な紳士になったわたしを見て、あなたは家へ帰りたいというが、そんなことはもう許せない。あなたは過ちを犯したのだ。まだまだ見せたいものが沢山あるから、ついてきなさい」と言うのだった。

彼らはさらに奥へ進んで、腹・アバラ骨・胸などを借りた所へやってきた時、彼はそれらを引っこ抜いて、所有主に返し、借り賃を払って行った。

そしてとうとう、この身の毛もよだつ生物紳士は、今では頭と、首のついた両うでが残っているだけとなってしまった。こうなっては前のように這うこともできず、ただ牛ガエルのように跳びはねて進むだけで、娘は恐怖のあまり気が遠くなってしまった。市場では完全であったこの紳士の身体の各部分は、実は予備の、借りものであったこと、そしてそれらを所有主に返しているさまを見た娘は、死力をつくして、父の町へ帰る努力をしてみたのだが、この恐ろしい生物は、どうしてもそうはさせてくれなかった。

両うでを借りた所へやってきた時、彼は両うでを引っこ抜いて所有主に返し、代金を払い、二人は、更に底なしの森の旅を続け、首を借りた所にきた時、彼は首を引っこ抜いて所有主に返し、代金を支払った。

**「完全体の紳士、頭だけになる」**

とうとう頭だけになったこの完全な紳士は、頭の外皮と肉を借りた所にやってきて、それらを所有主に返し、代金を払ったので、市場では完全であった紳士は、ついに「頭ガイ骨」だけになってしまった。そして自分と一緒にいるのはただの「頭ガイ骨」であるのに気がついた娘は、ある男と結婚するようすすめてくれた父のいうことを聞かず、また信用しなかったことを後悔しはじめるのだった。

紳士が「頭ガイ骨」だけになってしまったのを見て娘は、失神しかけたが、「頭ガイ骨」は、「たとえ死んでも、私の家まで絶対についてくるのだ」と、きつい調子で言い渡した。そして最初は、モグモグいっていた恐ろしい声が、やがて次第にもの凄い荒々しい声になり、二マイル離れた人の耳にもその声がまっ先に入るほどの大きさになったので、娘は命からがら森に逃げこんだ。すると、「頭ガイ骨」は、跡を追って来て、数ヤードと行かないうちに、彼女を捕まえてしまった。彼は、今では身体が「頭ガイ骨」だけになっていたので、とても賢く、利口だったし、おまけに一足で一秒間に一マイルも跳ぶことができたからだった。そんなわけで娘が命からがら逃げ出した時、彼は全力で疾走して、彼女の正面に、丸太のように立ち塞がってしまったのだ。

娘はあきらめて、家まで、「頭ガイ骨」について行った。家といっても、地下の穴ぐらのことで、二人はその中へ入ったが、穴ぐらに住んでいるのは、「頭ガイ骨」一家だけだった。穴ぐらに入ると彼は、一種のロープで、娘の首に一枚のタカラ貝を結びつけ、それから彼女に大ガエルを与えて、腰掛け代りに坐らせ、同じ一族の「頭ガイ骨」には笛を渡して、娘が逃げ出さないように、娘の看視をさせた。娘がきっと、穴ぐらから脱走を試みるだろうということを、「頭ガイ骨」はすでに見ぬいていたのだ。そうしておいて彼は、家族の者が夜まで仕事をしている裏庭へ出かけて行った。

　ある日、娘は穴ぐらから逃げ出そうとしたのだが、見張りをしていた「頭ガイ骨」が笛を吹いて、裏庭にいる残りの「頭ガイ骨」に合図をしたため、彼らはみんな先を争って、娘が坐らされている場所に駆けつけ、彼女は、またたくまに、取り押えられてしまった。彼らが駆けつけるさまは、まるで千個の石油ドラム缶がかたい地面の上をもの凄い勢いでころがるようだった。彼らは娘を捕まえて、いつものようにカエルの上に坐らせようと、彼女を連れて戻って行った。もしかりに見張りの「頭ガイ骨」がぐっすりねこんでしまい、娘が脱走を企てた場合には、首に結びつけていたタカラ貝が、もの凄い音をたてて警報を発するだろうし、そうすれば見張りの「頭ガイ骨」は、すぐに目をさますだろうし、「頭ガイ骨」一家も、裏庭から束になって、急いで駆けつけて、何とも言いようのない奇妙な恐ろしい声で、「何ていうことをするのだ」と、娘を鋭く問いつめたことだろう。

しかし問いつめられても、娘は全然言葉を出して答えることはできなかった。タカラ貝が首に結びつけられたその瞬間から、唖になっていたからだ。

## 神々の〈父〉が、町の長の娘の居所を探し出すくだり

さて、その娘の父は、最初に、わたしの名を伺いたいと切り出してきたので、〝この世のことはなんでもできる、神々の〈父〉〟だ、と答えると、彼は、もし娘の居所を探し出して連れ戻してくれれば、そのおかえしに、やし酒造りの居所を教えようと言った。やし酒造りの居所を教えてやると約束してくれたので、わたしは飛び上って喜び、彼の条件を即座に呑んだ。さて、この娘の両親は娘の居所は知らなかったけれども、娘が市場で完全な紳士の跡を追って行ったという、しらせは、うけていた。〝この世のことはなんでもできる神々の〈父〉〟であるわたしは、夜になって、わたしのジュジュの加護を祈願して山羊をいけにえに捧げた。

朝早く起きてやし酒四十タルを出してもらい、全部平らげてしまってから、わたしは、娘の居所を探しはじめ、その日はちょうど、市の立つ日だったので、まず市場へ出かけて行った。わたしは、ジュジュマンだったので、もちろん市場の人はみんな知っていた。午前九時きっかりに、娘が跡を追って行ったまさにその人、完全な紳士が、今日も市場にやってきたが、わたしは、彼を見た瞬間、彼が奇妙な恐ろしい生物だということがすぐわかった。

**「完全な紳士に変装した〈頭ガイ骨〉の跡を追ったからといって、娘をとがめ立てすることはできない」**

完全な紳士に変装した「頭ガイ骨」の跡を追って家までついて行ったからといって、この娘をとがめることは、到底わたしにはできないことだった。もしわたしが女だったら、わたしだって彼の跡をつけて、彼の行く所まで行っただろうし、その美しさ故に、この紳士が戦場へ行けば、敵だって、彼を殺したり捕えるようなことはしないし、爆弾を落とそうとしていた男も、彼が町にいるのを見れば、彼のいる所には爆弾を落とさないだろうし、もし仮に落としたとしても、爆弾の方で、この紳士が町を去るまでは炸裂しないだろうから。そして男であるわたしは、それ以上に彼を嫉妬したことだろうから。その日市場でこの紳士を見かけた瞬間から、わたしはただ夢見心地で、市場での彼の行動を追いつづけるのだった。何時間も彼をじっと凝視してから、わたしは、市場の片隅にかけよって数分間、泣きじゃくりました。どうして神様がわたしを、この紳士のように美しく創ってくれなかったのかという思いで、胸が一ぱいになったからだった。しかしやがて、この紳士だって「頭ガイ骨」にすぎないことに思い至った時、「神」がわたしを美しく創り給わなかったことを、「神」に感謝したのだった。そして彼のいる所に戻って行ったのだが、それでもなおも、彼の美しさには魅了され恍惚となっていた。やがてその日の市が終わり、人々はみんなそれぞれの目的地に帰っていった時、この紳士もまた自分の目的地に帰り、わたしは、彼の住家をつきとめるため、彼の跡をつけて行った。

## 「〈頭ガイ骨〉一家の家を求めて」

市場から十二マイルばかり歩いた時、紳士は、今までわたしたちが歩いてきた道路からそれて、底なしの森に入って行ったので、わたしも彼の跡をつけてその森へ入って行った。しかし、跡をつけているのを悟られたくなかったので、わたしは、ジュジュの一つを使って、トカゲに姿を変えて、跡をつけて行った。このようにして、この底なしの森を二十五マイルばかり行ってから彼は、身体の各部分をひとつ、ひとつもぎ取っては、それを所有主に返し、代金を支払って行った。

それからさらに五十マイル森の中を進んで行って、彼の家に着くと、彼はその中に入り、わたしも、トカゲだったので、一緒に家へ入って行った。穴ぐら(家)に入ると彼はまっ先に娘のいる所へ行ったので、わたしはそこで、タカラ貝を首に結びつけられた娘が牛ガエルの上に坐らされ、「頭ガイ骨」が、彼女の後ろに立って見張りをしているのを見たのでした。彼(紳士)は、娘がそこにいるのを確かめてから、家族みんなが仕事をしていた裏庭へ出て行った。

## 「〈頭ガイ骨〉一家の家でえんじた隠密の、見事なはなれわざ」

この娘を見た時、わたしは、彼女を穴ぐらまで連れてきた、そしてまた市場から穴ぐらまでわたしがその跡をつけてきた「頭ガイ骨」が、裏庭へ行ったのを見届けてから、元の人間の姿に変り、娘に話しかけてみたが、彼女は、全然答えることができず、ただ身振りで、しきりに深刻な事態にあることを伝えようとするのだった。その時は、運よく、笛をもって見張っていた「頭ガイ骨」は、ぐっすり眠っていた。

そこで娘に手を貸して、カエルの上に坐らされていた娘を立たせようとしたのだが、驚いたことに彼女の首のタカラ貝が、たちまち奇妙な音をたてはじめた。その音をきいて、見張りの「頭ガイ骨」は、目をさまし、笛をふいて残りの者に知らせると、彼らは総出で、またたくまに現場に殺到してきて、娘とわたしをグルッととりかこんでしまったが、わたしがそこにいるのをみるとすぐさま、その一人が、そこからそれほど遠くない、タカラ貝を一ぱい入れてある穴の所へ走って行って、穴からタカラ貝を一つとり出し、わたしの方に、駆け戻ってきた。群がっていた連中はみな、わたしの首にも、タカラ貝を結びつけてやろうと思っていたのだが、その前にこっちの方から先手をうって、わたしは空気に姿を変えてしまったので、それ以上わたしを追跡することができなくなり、一方わたしの方は彼らの行動を看視できたのだ。そして彼らの行動を看視していた結果、その穴にあるタカラ貝が、彼らの力の根源であり、それを首につけられると、どんな人間でも力が抜けてしまい、たちまち啞になってしまうのだということがよくわかった。

わたしが、とけて、空気になってしまってから一時間以上たって、「頭ガイ骨」たちは、見張りの「頭ガイ骨」だけをのこして、全部裏庭に引き上げて行った。

彼らが裏庭へ行ってしまったのを見届けると、わたしは、また元の人間の姿にかえり、カエルから娘をつれ戻そうとしたが、彼女に触れるとたちまち首のタカラ貝が、大きな音をたてて鳴りはじめ、その音は、四マイルも離れた人の耳にも、まっさきにとびこむほどの大きさだったので、見張りの「頭ガイ骨」の耳には、すぐさま入り、わたしがカエルから彼女をつれ出したのを見て、彼は裏庭にいる他の仲間に、笛をふいて知らせた。

合図の笛をきくと、たちまち「頭ガイ骨」たちは、一家総出で、現場にかけつけてきたが、時すでにおそく、わたしが、森に向けて穴ぐらを出立した後の祭りだった。しかし、わたしが森の中をまだ百ヤードも行かないうちに、彼らは穴ぐらから駆け出し、森の中をグングン追ってきて、わたしは、娘ぐるみでドンドン逃げるのだが、その距離は、みるみるちぢまって行った。「頭ガイ骨」どもは、奇声を発し、大きな石のように地面をころがりながら、森の中を追ってきて、すんでのところでわたしを捕えそうになり、また仮に、そのように逃げまわってみても、所詮やがては捕まってしまうことが明らかになった時、わたしは、娘を子ネコに変えて、わたしのポケットの中に入れ、わたし自身は、英語でいえばさしずめ「スズメ」にあたる、とても小さな小鳥に姿を変えることにした。

小鳥に姿を変えたわたしは、大空を飛んで行ったが、飛んでいる間も、娘の首のタカラ貝は、相変らず音をたて通しで、音をとめようとするわたしの努力も、すべて、無駄な骨折りにすぎなかった。娘をつれて家にたどり着いた時わたしは、娘を元の娘の姿に変え、わたしも人間の姿に戻った。娘が帰ってきたのをみた父は、大そう喜んで、「なるほどあなたは、かねてわたしに言った通りのやおよろずの神の〈父〉だ」と、言って感嘆した。

しかし娘が家に帰ってきた時、首のタカラ貝は、相変らず恐ろしい音をたて、また娘は口が利けず、家に帰れたうれしさを身ぶりで示すだけだった。せっかく娘をつれて帰ってきたというのに、かんじんの娘は口も利けず、食べられもせず、かといって首のタカラ貝をはずすこともできず、おまけにタカラ貝の恐ろしい音は、誰にも休息や睡眠をとらせなかったのだった。

**「やらなければならない大ばくち」**

娘の首からタカラ貝のロープを切りとって、口を利いたり食事のできるようにしてやろうと八方手はつくしてみたものの、駄目だった。とうとう、これが最後と、わたしは、タカラ貝のロープを切断しようと死力をつくしたのだが、音をとめるのが精一ぱいで、貝を首からとり除けることまではとてもできなかった。

わたしの苦労をみていた父は、大いに感謝しながらも、「あなたは自分のことを、この世のことはなんでもできる神々の〈父〉だと、言っておられるのだから、のこりの仕事をぜひともやりとげてほしい」と、くりかえしわたしに、懇願するのだった。彼の話をききながら、わたしは、やおよろずの神の〈父〉という名の手前、とても恥ずかしくて、穴にも入りたい心地だった。というのは、もし「頭ガイ骨」の穴ぐら（家）に戻れば、奴らはきっとわたしを殺してしまうだろうし、それに森林の旅には常に危険がつきまとっていたし、また「頭ガイ骨」からじかに、首のタカラ貝をはずして、娘が口を利き、食事もできるようになる方法を聞き出すことなど、とてもできそうにもないといったことを、心の中で思い浮かべていたからだった。

## 「〈頭ガイ骨〉一家の家に戻る」

娘を父の家につれ戻してから三日目に、わたしは、さらに探険をつづけるため、底なしの森に舞い戻ることにした。そしてあと一マイルほどで「頭ガイ骨」の穴ぐらに到着するという地点にさしかかった時、娘が、その時はまだ彼は完全な紳士であった市場から、「頭ガイ骨」一家の穴ぐらまで、その跡を追いつづけた例の「頭ガイ骨」を見かけたので、わたしはすぐさま、トカゲに姿を変え、彼の近くの木に登った。

彼は、二本の木の前に立って、目の前にある木から、すぐ目の前の葉を一枚切りとり、その葉を右手にもったまま、「娘は、まんまと、奪いかえされてしまったが、この葉を娘に食べさせない限り、娘は永遠に口がきけないのだ」と、ひとりごとを言った。そういいおわると彼は、その葉を地面に投げすて、それから今度は、目の前の木と同じ場所にあった、まだらの木から、まだらの葉をもう一枚切りとり、今度は左手にもって「このまだらの葉を娘に食べさせない限り、首のタカラ貝は、永遠にはずれないし、永遠に恐ろしい音をたてつづけるのだ」と、つぶやいた。

そういい終わると彼は、その葉を同じ場所に投げすてて、跳びはねるようにして立ち去って行った。はるか彼方まで、彼が行ってしまったのを見定めてから(幸いなことに、わたしはそこにいて彼の仕草を全部みていたので、二枚の葉を投げすてた場所もよく知っていた)わたしは元の人間の姿になり、二枚の葉を捨てた場所へ行って、それを拾い、急いで家へ持って帰った。

家に着くとすぐわたしは、二枚の葉を別々に料理して、彼女に食べさせた。驚いたことに娘は、みるみるうちに話し出すではありませんか。次にまだらの葉を食べさせると、「頭ガイ骨」が首に結びつけたタカラ貝が、これまたたくまに自然にはずれて、消えてなくなってしまった。この驚異のわざをみていた両親は、お礼に五十タルのやし酒と、娘をわたしにめとらせ、住居として二部屋、提供してくれた。このようなわけでわたしは、その娘を、あとで「頭ガイ骨」になった市場の完全な紳士から、救い出し、娘は、その日から晴れてわたしの妻になったのでした。そして以上が、わたしの、妻をめとるに至った話である。

その娘を妻に迎えて、妻の両親と六カ月間一緒に暮した時、わたしは、ずっと以前わたしの町で死んだ例のやし酒造りのことを思い出した。そこで妻の父に、やし酒造りの居所を教えるという約束を果すよう、頼んでみたが、彼は、しばらく待ってほしいと、教えるのをしぶった。もしいま居所を教えると、わたしは、妻をつれて町を出ていってしまうのを知っていたからだ。彼は自分の娘と別れたくなかったのだ。

その町で三年、妻の父と一緒に暮したが、その間わたしは、自分でやし酒を採集した。もちろんわたしの必要量をみたすというわけにはいかなかったけれども。それに妻もやし園から町まで、やし酒を運ぶのを手伝ってくれた。その町で暮して三年半たった時わたしは、妻の左手の親指が浮袋《ブイ》のように、ふくれ上っているのに気がついた。しかし痛みは全然なかった。ある日、やし酒を採集していた農園までわたしについてきた妻のふくれ上った親指に、やしの木のトゲがささった時、驚いたことに、突然親指が破裂して、そこから男の子が生れてきて、まるで十歳の子供のように、わたしたちに話しかけはじめるのだった。

親指から地上に降り立つ間に、その子供は、三フィートとちょっとの大きさになり、声は、まるで誰かが鋼鉄のハンマーで、カナトコを叩いているような、よくききとれる声になっていた。彼は、まず母親に、「わたしの名を御存知ですか」と、訊き、母親が「知らない」と、答えると、今度は私の方に顔を向けて、同じ質問をくり返したので、「知らない」と答えると、「ズルジルです」と、自分の名をあかした。「ズルジル」というのは、「すぐにでも自分の姿を他のものに変えてみせる息子」という意味なのだが、その恐ろしい名をきいてわたしたちは、怖くてたまらなくなった。おまけに、わたしたちと話している間もずっと彼は、わたしが採集したやし酒を飲みつづけ、五分もたたぬうちに、四タルのうち三タルを飲みほしてしまったのだ。そして妻の場合、他の正常な女のように身体の然るべき所で妊娠しないで、左親指だけがふくれて大きくなったのを、町の人々はみな見て知っていたので、わたしは、できることならこの子供を農園に置き逃げにして町へ帰ろうと、その秘策をねってみた。思案の最中に突然この子供は、左頭部で飲んでいたやし酒の最後のタルをかついで、町へ出かけて行きはじめた。もちろん町へ行く道は誰も彼には教えていなかった。そこでわたしたちは、ある場所に立って、彼が町へ行くのを観察してから、そのあとをつけてみたが、そのうち町に着く前に道路で、彼の姿を見失ってしまった。ところが驚いたことに、町に着いてみると、彼はわたしたちの住んでいた家に入って行くではありませんか。家で会う人ごとに、彼は、まるで昔からの古い知りあいででもあるかのように、挨拶をしてすぐに食べものをねだり、与えると、すぐ平らげ、あげくの果てには台所へ入って、そこにあった食物を全部平らげてしまった。

台所に準備してあった夕食用の食べものまで平らげているのを見かねたある男が、彼に台所から出て行けとどなったのだが、いうことをきかなかったので、喧嘩がおっぱじまってしまった。この恐れ入った子供は、猛烈な勢いでぶったので、その男は目が見えなくなり、ほうほうのていで、台所から逃げ出して行き、子供の方は、依然として悠々と台所にふみ留まっていた。

子供の仕打ちを見ていた家じゅうの者が、束になって彼に襲いかかったが、その子供は格闘しながら、地面にあったものを全部粉々に打ち砕き、家畜もすべて打ちのめしてしまい、そんなにされてもなお、彼らは彼に勝てなかったのです。しばらくして、妻とわたしは農園から家へ戻ってきたが、わたしたちを見たとたんに彼は、今まで喧嘩していた連中を放っておいて、わたしたちを迎えにきた。そして、わたしたちが家に入ると、家にいた者みんなに、「わたしの父と母です」といって、わたしたちを紹介した。夕食用の食物はきれいに平らげられていたので、わたしたちは、別の料理作りにとりかかったのだが、火から料理をおろす段になると、彼は自分でおろし、料理がとても熱くても、平気で食べはじめ、やめさせようとした時にはすでにきれいに平らげてしまったあとという始末で、彼から食事をとりあげようとする努力はすべて無駄だった。

この子供は、恐れ入った、強力《ごうりき》の子だった。たとえ百人の男が、束になってかかっていったとしても、ぶたれて逃げるのが落ちで、椅子に坐っている彼を突きおとすなどということは、とてもとてもできない相談だった。そして彼が立てば、誰も、そこから彼を押しのけることができないような、鉄のような盤石の強さをもっていた。このようにして彼は、今では、わたしたちの家の支配者にのし上ったのだ。時には、わたしたちに、夜まで絶食しろと命じたり、時には真夜中に、わたしたちを家から追い出したり、また、彼の前で二時間以上も平伏しているように、命令することもあったからだ。

この子供は、町で一番強かったので、町中をわがもの顔にのさばり歩きまわり、町のおえらがたの家を焼き打ちにしはじめた。たび重なる彼の破壊行為や邪悪な性格を見て、業をにやした町の人々が、彼を町から追放する方法を相談するために、父であるわたしを呼びにきた時、わたしは彼らに、彼を町から追い払うよい方法を話してやった。ある晩、真夜中の一時に、彼が部屋の中で寝ているのを見届けてから、わたしはちょうど具合よく屋根は木の葉葺きで、おまけに乾期だったので、家と屋根のまわりに石油をまいて家に火をつけ、彼が寝る前に閉めておかなかった窓や戸を閉めてまわった。目をさました時には、家と屋根のまわりは、一面火の海となり、彼は煙にまかれて逃げることもできず、家もろとも、焼けて灰になってしまったのでした。

焼けて灰になった子供を見て、町の人々は大喜びで、町に平和が甦ったのでした。子供の最期を見届けたわたしは、妻の父に、やし酒造りの居所を教えてくれるよう執拗にたのみこんだので、彼はやっと折れて、教えてくれました。

## 「未知の国に行く途中で」

やし酒造りの居所を、教えてもらった日に、わたしは早速妻に、家財道具を一切まとめて荷造りするように言いつけたところ、彼女はその通りにしたので、翌朝早く起き出して、わたしたちは、未知の国へと鹿島立ちしたのだった。ところが、町から二マイルばかり行った時、妻は、焼いて灰にしたあの家の中に、小さな金の飾り物を忘れてきたと、言いだした。妻のいうところによると、家が焼けて灰になる前に、それを取りだすのを忘れていたというのだ。妻は、取りに帰るといい、わたしは、もうそれは家もろとも灰になってしまった筈だと言いはった。すると妻は、重ねてそれは金属製だし、燃えて灰になることは絶対にありえないから、どうしても取りに帰ると言いはり、あきらめてくれと頼んでみたものの頭からきき入れず、取りに帰りかけたので、わたしも、仕方なくついて行くことにした。焼け跡に着くと彼女は、棒をひろって、灰をひっかきまわしはじめた。すると灰の真中が突然盛り上ってきて、半体の赤ん坊が姿を現わし、電話のような低い声で話しはじめるのでした。

灰が盛り上ってその中から半体の赤ん坊が生れるとたちまち、その赤ん坊は低い声で話しはじめたのだが、わたしたちは素知らぬ顔をして、出発した。すると赤ん坊は妻に、「待ってくれろ。わしもいっしょに連れてってくれろ」と、話しかけてきたが、それには構わず、わたしたちはドンドン歩いていった。それを見て彼が、あいつら、めくらにしてやれ、と命じると、わたしたちは、たちまちめくらになってしまった。が、それでも彼を連れに戻らずドンドン歩きつづけた。それを見た彼は、またもや今度は、あいつらの息の根をとめてやれと命じると、全くのところわたしたちは、息ができなくなってしまったのだった。呼吸ができなくてはどうしようもないし、わたしたちは引き返して、彼を連れていくことにした。やがて道を歩きながら彼は、妻に、頭の上にのせてくれと言いだし、妻の頭にのったまま、まるで四十人分を一緒にしたような、大きな口笛をふきはじめた。村に着いた時、腹がすいて仕方がなかったので、わたしたちは足をとめ、食べもの屋から食料を買って、いざそれを食べようとすると、半体の赤ん坊は、それを奪い取って、まるで大人が丸薬をのみこむように、呑みこんでしまい、わたしたちには食べさせてくれなかった。それを見ていた食べもの屋は、おったまげて食べものをそこへ投げ出したまま、一目散に逃げ出して行った。食べもの屋が食べものを置いたまま逃げ出したのを見て、半体の赤ん坊は、食べものの所へ這い寄って、それもすっかり呑みこんでしまった。

食事をとるのを半体の赤ん坊が、許してくれなかったので、わたしたちは食事をとることもできず、おまけに半体の赤ん坊をつれていたので、村人からは、追い出されてしまい、やむなく、また旅をつづけているうちに、村から七マイルほど離れたほかの町に着いた。その町でも足をとめ、食べものを買ったが、半体の赤ん坊は、それを食べることを許そうとはしなかった。だが、今度は、わたしたちはすっかり腹を立てていて、力ずくででも食べるつもりだったのだが、彼が前のような命令を出すと、わたしたちはたちどころに、命令どおりになってしまい、どうにも手のほどこしようがなかったのだった。

町の人々は、相変らずわたしたちが彼をつれているのを見て、ジュジュを使ってわたしたちを追い払ってしまったのです。彼らの言い分は、わたしたちが精霊をつれているし、精霊を自分たちの町に入れることは絶対にまかりならぬというのでした。そんなわけで、食事をしたり、睡眠をとるために、どこの町や村に立ち寄っても、彼らはすぐさま、わたしたちを追い出すだろうし、わたしたちについてのニュースは、すでに町という町、村という村に、すっかり広がっていた。そのために、今では、道路を使って旅行することができなくなってしまい、もっぱら森林を伝っていくより仕方がなくなってしまったのだった。つまり半体の赤ん坊、すなわち精霊をつれた一組の男女が、その赤ん坊をどこかに置き去りにして逃げる場所を探しているといううわさが、広まっていたからだ。

ひもじい思いで森林の中を旅しながら、どこかに赤ん坊をおろして逃げようと、あらゆる手はうってみたのだが、そう簡単には、問屋がおろしてくれそうにもなかった。彼をおろすのに失敗したわたしたちは、それではというので、彼だって夜はきっと寝るだろうと思って、そのすきをうかがっていたのだが、彼は夜も全然寝ないのだった。それに一ばん困ったことは、妻の頭の上に載せさせてからというものは、ただの一度だって下におろさせないことだった。そして、わたしたちはねむくてねむくて仕方がなかったのだが、その場合でも、彼はただ、彼を運ぶこと以外は、一切許可しないのだった。彼は、腹に詰めこめるだけ詰めこんで、今では、すっかり食べすぎていたのだが、その上この世の食べものをすっかり食べつくしてしまうまでは腹の虫が納まらないという性分のため、今までにも満足したことが一度もなかったという豪の者だったので、妻の頭にのっている間に、腹が超大型のチューブのように、みるみるふくれ上ってしまい、さすがの妻も、その夜森林を歩いていた時には、重たくていたたまれなくなってしまった。その時、はかりにかけて、計ってみると、少なくとも二十八ポンドはあったことだろう。すっかり運びつかれて音《ね》をあげた妻を見かねて、わたしが、交代して運ぶことにしたのだが、四分の一マイルと行かないうちに、わたしは一歩も動けなくなり、その重い荷物のため、まるで水の中で沐浴でもしているように、汗がふき出してくる始末だった。それでもなお彼は、彼を下におろして休息することを、認めようとはしなかったのだ。ああ、一体どうすればわたしたちは、その半体の赤ん坊から逃れることができるだろうか？　だが、〈神〉は常に正しくみそなわしますのだ。その夜、森林をあちこちと放浪しながら彼を運んでいた時、森林のどこからか、妙なる楽の音がきこえてきて、彼は、その方へ自分をつれて行けというのです。そしてやがて一時間もたたないうちに、わたしたちは、楽の音のきこえてきた所に着いた。

**「ドラム」（太鼓）、「ソング」（うた）、「ダンス」（舞踏）という三人の善良な生物が、わたしたちの苦しみを取り除いてくれた**

赤ん坊をつれていった所に、人間になぞらえていえば、「ドラム・ソング・ダンス」という名の、三人の、わたしたちと同じ種類の生きた生物がいた。そこに着くと半体の赤ん坊は、早速わたしの頭から降りて、三人の生物の仲間に入って行き、わたしたちは、〈神〉に感謝を捧げたのだった。さて、「ドラム」が打ちはじめると、それは、まるで五十人の男が一斉に打っているような音をたて、「ソング」が歌いはじめると、まるで百人の人間が一緒に合唱しているようで、また「ダンス」がおどりはじめると、半体の赤ん坊もおどり出し、妻もわたしも精霊たちも、「ダンス」と一緒におどり出してしまった。つまりこの三人を見聞した者は誰でも、そのあとをどこまでもついて行かないではおられない気持ちに誘いこまれるのだった。わたしたちもみなその例にもれず三人のあとをついて、一緒におどっていった。そして飲まず食わずの、また一度もやめないで、まる五日というものは、ぶっつづけでおどり通し、わたしたちはとうとう生物たちが泥で作った建物の形をした所にたどりついた。

建物の正面には、二人の兵隊が立っていた。一行が着いた時、生物たちと半体の赤ん坊だけが建物の中に入り、妻とわたしは入口の所で待っていたが、彼らは二度と姿を見せなかった。〔注意〕実をいえば、彼らのあとを追って、そこまで来るつもりは毛頭なかったのだが、一緒におどっているうちに、どうしても自制できなくなってしまったのだった。

この「ドラム」が打つようにすばらしく、ドラムを打てる者は、この世に一人もいないし、ダンスについても、この「ダンス」の右に出る者はいない。また「ソング」が歌うように、歌える者は一人もいない。真夜中の二時に、わたしたちは、このすばらしい三人の生物と半体の赤ん坊のもとを去り、新しい旅に出たのだが、二日後にある町に着き、そこで二日間休息をとった。しかしそれまでに懐中には、一文もなくなっていた。そこでわたしは、どうしたら、食べものなどを買う金が手に入るか、思案をめぐらした。しばらくしてわたしは、自分が、〝この世のことはなんでもできる神々の〈父〉〟であるということを、思い出した。さて、その町の大通りへ行くのには、どうしても渡らなくてはならない大きな川があった。そこでわたしは、妻に、川までついてくるように言い、川に着いた時、木を切り、それを彫って、カヌーを漕ぐかいを作り、妻にそれを渡して、わたしと一緒に川に入るように言った。川に入ってからわたしは、親切な友だちの精霊がわたしにくれたジュジュに命じると、ジュジュは、わたしを、たちまち大きなカヌーに変えてしまった。そこで妻は、かいをもって、そのカヌーに乗り、かいで漕ぎながら、カヌーを、乗客を渡す「フェリー」代りに、使った。渡しの料金は、大人が三ペニー、子供はその半額だった。わたしは、夕方、元の人間の姿になり、その日に妻が徴収した金を調べてみると、七ポンド五シリング三ペニーになっていた。町へ帰ってからわたしたちは、その金で生活の必需品はなんでも買うことができたのだった。

翌朝わたしたちは、四時には、そこへ出かけて行った。町の人々が目をさまして、その秘密をかぎつけるといけないからだった。そこに着くとわたしは、昨日のように手配し、妻は、例の如く自分の仕事をつづけ、その日は、夜の七時には引き揚げた。そのようにして一カ月間その町に滞在し、その間ずっと同じ仕事をして集めた金は全部で、五十六ポンド十一シリング九ペニーになっていた。

そこで、わたしたちは、喜び勇んでその町をあとにして、再び新しい旅に出た。ところが、八十マイルばかり行った時、通路で、次々と〝追いはぎ〟の一団に遭遇しだし、大いに悩まされた。そこでこんな危険な道路を歩いていたのでは、金だけではなく、生命まで失くしてしまうことにもなりかねないことに思い至ったので、わたしたちは森林に入って行った。ところがこの森林の旅も、粗暴な動物がたむろしていて、とても危険だったし、それに、砂粒のように、数え切れない程の王ヘビが、うようよしていた。

### 「空中旅行」

そこでわたしは、妻に、荷物をもってわたしの背中に跳びのるようにいい、それと同時にわたしの姿を、「幽霊の森」の「水の女精」(「女精」の物語は、〃幽霊の森の野性な狩人〃の説話本に出ていた)にもらったジュジュに命じて、飛行機のような、大きな鳥に変えた。わたしたちは、五時間ばかり飛んで、その危険地域を通過してから、まだ四時ではあったが地上に降り、残りの道のりは、陸地を牛車に乗ったり、徒歩で歩いたりして、その日の午後八時には、妻の父が教えてくれた、やし酒造りの居る町に着いた。

その町で、町の人々に、わたしの町でずっと以前に死んだやし酒造りのことについて、訊いてみた。しかし彼らの話によると、やし酒造りは、二年以上もまえに、この町を出ていったということだった。それでは、今はどこの町にいるのか教えてもらえないかと頼むと、今は「死者」と一緒に「死者の町」に住んでいるが、その町はとても遠くて、「死者」だけが住めるところだと、教えてくれた。

今さらおめおめと、勇んで出てきた妻の父の町へ帰るわけにもゆかず、結局わたしたちは、「死者の町」へ行かざるをえないということになり、その町に着いて三日後に出発した。ところで、その町から「死者の町」まで行った人などは、むろん一人もなく、したがって旅行する道路も、小径も、ついていない状態だった。

**「道路なし」――「死者の町まで、森林から森林へと、密林づたいに旅をつづけなくてはならない」**

町を出発した日に、わたしたちは森林の中四十マイルまで奥深く入りこみ、夕方の六時半には、ヘビでさえ、怪我をしないで通り抜けることができないような、うっそうたる密林に着いた。

すっかり暗くなり、視界がきかなくなったので、そこで足をとめることにした。森林で休んでいると、夜中の二時頃、精霊なのか、ほかの有害な生物なのか正体不明の生物が、わたしたちの方に向ってやってくるのが目に映った。その生物は、足から身体のテッペンまで、白ペンキを塗ったように真白で、人間のような頭や手足がなく、身体のテッペンに、大きな目が一つくっつき、背のたけは、四分の一マイルほどもあり、胴まわりは、六フィートぐらいで、まるで白い柱のようだった。そんなえたいの知れぬ生物がわたしたちの方に、ノソリノソリとやってくるのをみて、どうしたらとまらせることができるだろうかと考えているうちに、わたしは、父が死ぬ前に伝授してくれたまじないのことを思い出した。

――それは、もし真夜中に、精霊とかその他有害な生物に出くわした場合このまじないを使うと、わたしはたちまち大きな火と煙になってしまい、そのため有害な生物たちは、火に近づけなくなるというものであった。そこでわたしは、まじないを使って火になり、白い生物を焼き殺したのだが、この長身の白い生物は、燃えて灰になる前に、それと同じ九十体の、仲間の生物が、わたしたちの前に現われ、わたしたち(火)の方に向って、やって来るではありませんか。火(わたしたち)の所にやってきて、彼らは全部で火をかこみ、体を曲げたり、かがんだりしながら、火にあたり、「寒い! 寒い!」を連発していた。彼らは、火(わたしたち)に対しては、全然手を出すようなことはしなかったが、困ったことにどうもそこを離れたくない様子だった。火から暖をとりながら、すっかり満足しきっていて、火のある限りは、そこを動く気配はみえなかったので、火になってもう安全だとばかり思いこんでいたわたしたちは、決して安全ではなかったのです。そこで、白い生物たちから、どうやって脱け出したものだろうかといろいろ考えめぐらしているうちに、ふと、生物たちは、夜の一時から朝の十時までずっと火にあたり通しで、食事をしに自分の家へ帰っていなかったので、もしわたしたちが動き出せば、彼らだって、きっと立ち去るだろうという考えが浮かんできた。果して彼らが、ものを食べる生物なのかどうかということは、もちろん、わたしにははっきりと断定できる自信はなかったけれども。

わたしたちは火に変ったのだから、空腹などは感じないだろうなどとお考えにならないで頂きたい。わたしたちが火であることは、まぎれもない事実ではあったが、ひもじさは人一倍感じていたのだった。だからといって今すぐに、人間の姿に戻ったならば、即座に白い生物たちに、殺されるか危害を加えられることは、火をみるより明らかだった。

そこでわたしたちは、火の姿のまま移動を開始し、わたしたちが動くにつれて、白い生物たちも、このうっそうとした森林を出るまで、火と一緒に移動して行った。しかし、わたしたちが森林を出て、広大な原野に来た時、彼らは、うっそうたる森林へと引き返して行った。そのような掟があるとは、全然知らなかったのだけれども実は、彼らには、いいい縄ばりの掟があって、この長身の白い生物たちは、絶対に、ほかの森林には侵入しなかったし、また彼らは火にぞっこん惚れこんではいたものの、原野にまで足をふみ入れるようなことは絶対にしなかったのだ。そして原野の生物も、彼らの森林には絶対に入ってはならなかったのです。上のようないきさつで、わたしたちは、ともかく長身の白い生物たちから逃れることができたのだった。

白い生物たちから自由になったわたしたちは、新しく原野の旅に出た。この原野には、麦によく似た、その葉の端がカミソリの刃のように尖っていて、毛深く、長い、野生の草が生えているだけで、木とかやしの木は、一本も生えていなかった。夕方の五時まで原野の旅をつづけてからわたしたちは、朝までの良いねぐらを探した。

探しているうちに、コウモリ傘の形をした、クリーム色の、高さ三フィートの「白アリの家」が見つかったので、わたしたちはその下に荷物を置き、二、三分そこで休んでいた。休んでいるうちに、腹ぺこだったので、食べものを料理する火を起すことを思いついた。しかし近くには、乾いた棒切れは見当らず、そのため、薪になる棒切れを集めに、出かけ、途中で、クリーム色の、女の形をした、まぼろしが、うずくまっているのを見かけた。棒切れを集めてから白アリの家に戻り、火を起し、料理を作って食べ、夜の八時頃、白アリの家のたもとで休んでいたのだが、恐怖のためぐっすりねむれないでいると、十一時頃になって、まるで市場のど真中にいるかのような、にぎにぎしい人声が、わたしたちの耳に入ってきた。耳をすまし、頭をもち上げて気配をうかがうまでもなく、明らかにわたしたちは市場の中央にいたのだった。そして白アリの家だとばかり思いこんでいたものは、実は市場の所有主で、そんなこととはつゆ知らずわたしたちは、そこに荷物を置き、火を起し、その下で寝ていたというわけなのです。

すぐにでもそこを離れた方が安全だろうから、わたしたちは急いで荷物をまとめはじめたが、荷造りの最中に、原野の生物たちは、包囲して、警官よろしく、わたしたちを逮捕してしまった。やむなく彼らの跡をついていくと、わたしたちが寝た白アリの家（実は市場の所有主）もまた、わたしたちの跡をついてくるのだった。彼は、足がなく、生後一カ月の赤ん坊の頭ぐらいの、小さな頭があるだけだったので、跳びながら、ついてきた。そしてうずくまっている女まぼろしの所へきた時、彼女もまた立ち上って、あとをついてきた。

二十分ばかり歩いて、王様の宮殿に着いたが、王様は不在だった。

宮殿といっても、オガ屑でおおわれた、古いあばらや同然の、とても粗末な建物だった。原野の生物たちは、王様が戻るまで、三十分間待っていた。やがてわたしたち（妻とわたし）のまえに現われた王様の姿は、全身ほとんど乾いた葉とか、乾いていない葉でおおわれ、足や顔は隠れてしまっていて、まるでオガ屑の化物のようだった。宮殿に入るとすぐ、王様はわたしたちの前に姿をみせ、オガ屑の上に正坐すると、臣民たちは「こ奴めが、わが町を侵した不届き者でございます」と言って、わたしたちを恭々しく王様に献上した。そこで王様が、「この木偶坊《でくのぼう》どもは一体何者だ」と、御下問になると、臣民たちは、「このような生物は、今までに一度も見たことがございませんので、何と表現してよいのやらその言葉に窮しておる次第でございます」と、答えた。その時まで、妻とわたしは、一言もしゃべらなかったので、口がきけないものと、彼らは思っていた。そこで王様は、臣民の一人に、先の尖った棒を与え、わたしたちを突き刺すようお命じになった。そうすればきっと、わたしたちは、血の通う者であれば、口を利くか、苦痛を感じるにちがいないと思ったのでしょう。その男は、王様に命じられた通りに、情容赦なくわたしたちを突き刺したので、わたしたちは苦痛を感じ、思わず口を利いた。ところが、わたしたちの声を聞いたとたんに彼らは、まるで爆弾が破裂したように、ドッと笑い出した。そしてその夜わたしたちは、人間にみたてて言えば、その「笑の神」と、熟知の仲となったのだった。わたしたちを笑うのを彼らは、止めてしまったのに、「笑の神」は、二時間も、笑いをやめなかったからです。その夜「笑の神」がわたしたちを笑った時、今までに聞いたこともないような奇妙きてれつな声を立てて笑ったので、妻とわたしは、すっかり苦痛を忘れ、彼と一緒に笑いこけた。彼と一緒に、しらずしらずのうちにわたしたちは、「笑の神」が笑うのを笑っていたのでした。それに、かりそめにも彼が笑っているのを聞いて、笑わずにいられる者は一人もいなかっただろうし、もし誰かが、「笑の神」と一緒に笑いつづけるとすると、その人はきっと長い笑いのために死ぬか、即座に気を失ってしまったことだろう。笑いこそ彼の職業であり、彼は笑いを食べて生きていたからだ。やがて彼らは、「笑の神」に、笑いをやめるように頼んでみたけれども、「笑の神」は笑いをやめることはできなかった。原野のこの生物たちが今までに人間を見たことがあるとばかり思っていた王様は、しばらくたって、彼らに、わたしたちを「戦さの神々」のもとに連れていくように命じた。わたしは、王様のその言葉を聞いていてすっかり嬉しくなった。というのは、実はこのわたしが、王様ご指名の「神々の〈父〉」だったからです。王様の命令通りに、原野の生物たちは、「戦さの神々」のところへ、わたしたちを押したり突いたりして引き立てていったが、「神」の傍へは近寄ることができなかった。もしそうすれば、生きては帰れなかったからです。そんなわけでわたしたちを引き立てて行ってから彼らは、また市場に戻ったが、わたしの方は、わたし自身「神々の〈父〉」だったし、したがってやおよろずの神一人一人の秘密も知っていたし、その神とは話も通じたので、わたしは、一種の擬声を使って、彼に事情をうち明けた。すると彼は、わたしたちには全然危害を加えるようなことはせず、無事原野から脱出させてくれた。さて話を王様のことにかえすと、彼は呼吸を五分間隔で行ない、話をしている時、王様の鼻と口からは、大きなボイラーからのように、熱い蒸気が吹き出していた。わたしが原野と原野の生物から脱出した記録は、大体以上の通りです。

## 「幽霊島」

わたしたちは、またぞろ、至るところ「島」と湿地だらけの、森林の旅に出て行った。「島」の生物は、とても親切で、島に着いた時わたしたちをねんごろに迎えてくれ、美しい家を、住居に提供してくれた。その「島」は「幽霊島」と呼ばれ、標高が非常に高く、周囲はピッシリ水でとりかこまれ、住民たちはみな、とても親切で、自分というものを、とても大切にしていた。彼らの仕事といえば、食料の栽培だけで、そのあとは、もっぱら音楽を奏でたり、ダンスを踊ったりして、すごしていた。彼らは、奇妙な生物の世界では、もっとも美しい生物、もっともすばらしいダンサー、もっともすぐれた音楽家で、夜となく昼となく音楽とダンスで、明け暮れていた。「島」の気候は快適だし、ここはあわてて出発しない方が身のためでもあると悟ったので、わたしたちは、彼らと共に踊り、彼らのする通りに行動した。それに衣裳をまとった時の「島」の生物たちのあでやかな姿は、まるで人間そっくりで、彼らの子供たちの晴れ姿を見ているうちに、あなた方はきっと、子供たちがいつも、舞台劇を上演しているのだという錯覚に、捕えられることでしょう。さて、わたしは、彼らと一緒に暮しているうちに、種々雑多な農作物を栽培して、いつのまにやらすっかり農夫になりきっていた。ところで、作物が十分成熟したある日、見ていると恐ろしい動物が農園にやって来て、作物を食い荒しているのでした。そしてその後のある朝、農園でその動物とばったり出くわした時、わたしは、何とか追い払えないものかと手をうってみた。その動物というのは、大きさが象ぐらいもあって、もちろん近寄ることは至難のわざだった。指の爪は、長く、二フィートにも達し、頭は、胴体の十倍もあり、それに、長さ一フィートぐらい、厚さが牝牛の角ほどもある長い歯が、大きな口一ぱいに生え、胴体は、馬の尻尾の毛のような長くて黒い毛で一面におおわれ、とても汚らしい動物でした。頭には、五本の角が、頭と水平になるまで曲がって生え、また四本の足の太さは、丸太ぐらいもあった。近くへは近寄れずしたがって、遠くから石を投げて追っ払おうとしたのだが、石が当る前に、わたしの目のすぐまえに立ちはだかって、闘う構えをみせたのには、さすがにわたしも、キモをつぶしてしまった。

そこでわたしは、どうしたらこの恐ろしい動物から逃げ出せるものやら、思案にくれた。さて、彼が腹を立てるには、彼なりの理由があったのだ。まさかこの土地の地主が彼であるとは、わたしは、全然知らなかった。彼にとっては生きるか死ぬかのこの重大な時なのだから、彼の土地に作物を植えるまえに、当然わたしの方から、挨拶の貢物をしておくべきだったのだ。そこでわたしは、彼の望んでいたものがわかった時、作物の一部を刈り取って彼に奉納した。すると彼は、背中に乗るよう合図をしたので、わたしは背中に乗った。彼はそれ以上は一言もしゃべらず、農園からそれほど遠くない家へ、わたしを連れて行き、家に着くと、身をかがめ、わたしを背中から降ろしてから家に入り、麦四粒、米と種オクラ四個ずつもってきて、わたしにくれた。わたしは早速農園に戻って、すぐさま種を全部植えると、驚いたことに、種子は、たちまち発芽し、五分とたたないまに、すっかり成熟しきり、それから十分もたたぬまに実を結び、またたく間に熟してしまったのだ。そこでわたしはその実を摘みとって、町（幽霊島）へもって帰った。

わたしは、最後の果実を結んだあと乾いた作物を刈りとって、その種を、これからの森林の長い旅の用心にと、大切に保存しておいた。

## 「いかに小さくとも、選ばれる資格はある」

昔は、すばらしい生物が沢山いた。ある日「幽霊島」町の王様は、二平方マイルほどの麦畑の雑草を刈り取るために、「島」の住民と精霊、それに恐ろしい生物の全部を選んで、手伝ってもらうことにした。ある晴れた朝、わたしたちは全員そろって麦畑に出かけ、きれいに除草して王様のもとに帰り、その旨報告した。すると王様は、感謝の印しにと、食べものと飲みものをわたしたちに下さった。

しかしながら、いかに図体が小さくとも、王様の手伝いに選抜される資格は十分あるのです。王様の選に洩れたある小さな生物は、わたしたちが畑から帰ったすぐあと、わたしたちの知らないうちに畑に行き、わたしたちが、せっかくきれいに刈り取ってきた雑草全部に、元通りに繁茂するように命じた。次のような言葉で——

「幽霊島の王様は、幽霊島の生物みんなにお頼みなされたのに、わたしだけはお忘れになった。だから、一度刈り取られた草が、また生えてきたって当然でしょう。さあさあ皆さん、幽霊島の楽隊に合わせて一緒に踊ろう。楽隊が駄目なら、美しい旋律《しらべ》にあわせて、楽しくおどりましょう」

小さな生物が、このように呼びかけたとたんに、雑草が一斉に繁茂しだし、まるで二年間生え放題の畑のようだった。さて王様は、除草した日の翌朝早く、畑の巡視に行き、草が全然刈り取られていないのを見て、びっくりし、早速町に帰り、全員を召集して、除草作業を怠った理由をききただした。そこでわたしたちは、作業は昨日完了しましたと答えたが、王様は聞き入れてはくれません。そこでわたしたちは、この目で実際に確かめてみるために、畑に出かけて行ったが、王様の言う通り、畑は、草ぼうぼうだったのです。早速、わたしたちは全員集合して、以前と同じように、きれいに草を刈りとって、再び王様のもとに帰り、その旨を報告した。ところが今度も、前と同じくり返しになってしまったのだった。そこでまた、全員が集まって、畑に出かけ、草を刈ってから、今度は、三度目の正直とばかりに、畑のすぐ近くの森林に、仲間の一人を潜ませて、見張りに立てていると、三十分とたたないうちに、生後一日の赤ん坊ぐらいの大きさの小さな生物が、畑にやってきて、以前のように、雑草に、生い茂るよう命じているのがわかった。森林に身を潜ませて見張っていた男は、やっとのことでこの生物をとり押え、王様の御前へひき立てて行った。小さな生物を引見してから王様は、わたしたち全部を宮殿に呼び集めた。

やがて王様は、一旦刈りとられた雑草に、再び繁茂するよう命じた男は誰かと、小さい生物に向って問いつめた。すると小さな生物は、悪びれずに「それはわたしです。王様は、仕事の手伝いに「幽霊島」町の生物全部をお選びになったのに、わたしだけは除外されました。確かにわたしは、生物の中では一番小さいかも知れません。しかしわたしには一旦刈りとられた雑草などに命じて、再びもと通りに生い茂らせる力があるのです」と、答えた。すると王様は、「君を選ぶのを忘れていて申し訳なかった。決して君が小さいからはずしたのではないのだ」と、あやまった。

王様にあやまらせておいてから、小さな生物は、退出して行った。ほんとにすばらしい、みあげた小さな生物だった。

「幽霊島」で十八カ月間すごしてから、妻とわたしは、ここであまり長逗留しているわけにはいかないから、旅をつづけたいのだと、彼らに話した。「島」の生物たちは、とても親切で、それでは記念にといって、わたしの妻に、大そう高価な品物を沢山よこしたので、荷物をすっかりまとめて、朝早く出発しようとすると、「幽霊島」の人々は総出で、大きなカヌーに乗って川をかいでこぎながら、わたしたちの水先案内をつとめてくれ、「別れ」の歌を合唱しながら、盛大に見送ってくれた。やがて国境《くにざかい》まで来た時、彼らはカヌーを停め、わたしたちを降ろしてから、また美しい歌と旋律を奏で、「さようなら」と手をふりながら、町へと帰って行った。もし事情が許せば、わたしたちを目的地まで案内し送り届けたい気持ちは十分に溢れでていたのだが、彼らは掟に則って、ほかの生物の土地や森林を侵すことは、禁じられていたのだった。

「幽霊島」で、わたしたちは、心ゆくまで生活を楽しんだのでしたが、しかし前途にはまだ困難な仕事が数多く横たわっていた。そこでわたしたちは、意を決してまた新しい森林の旅に出かけたが、御承知のように、道なき森林の苦しい旅の連続だった。

森林に入ってその中を二マイルばかり行った時わたしたちは、この森林の地面には、枯葉とか、乾いた棒とか、ごみが全然おちていないし、他の森林とはどうも勝手がちがうのに気がついた。その前から腹ぺこになっていたわたしたちは、木の根っこに荷物をおろし、火を起す棒切れをかき集めに、木のまわりを探してみたが、一本も見つからなかった。ところが驚いたことに、パンやケーキを焼き、鳥肉や牛肉を炙っているような、とてもおいしそうな匂いがあたりからプンプン匂ってくるのだった。神の慈悲とは正にこのことで、わたしたちは、このよい香りを心ゆくまでかいだおかげで、空腹を感じなくなった。その森林は、とても「食いしん坊」だったので、木の根っこに坐ってから一時間もたたないうちに、坐っていた地面が熱くなりはじめ、とてもじっと坐っておれる状態ではなく、早急に荷物をまとめて、旅先を急ぐことにした。

　森林を伝っていくうちに、池にぶつかった。すっかりのどが乾き切っていたので、わたしたちは、道を折れ、池の水を飲もうとしたのだが、池の水は、わたしたちの目の前で、みるみるうちに干上がってしまった。そういえば、周囲を見まわしたところ、生きた生物は、人っこ一人見かけなかった。この森林の地面は、すごく熱くて、到底朝まで、ここで立ったり坐ったり、寝たりできる見通しはないし、また森林自体、どうやら人間が必要以上にここに滞在することを望んでいないらしいこともわかったので、わたしたちは早々にそこを立って、旅を急いだのだが、途中で、沢山の、葉のない、やしの木に出くわした。やしの木は、キチンと列をなして並び、葉の代役を小鳥がつとめていた。

最初に出あった、とても高い木は、わたしたちを見かけて笑い出した。二番目の木が、なぜ笑っているのかとききただすと、その木は、今日生れてはじめて、生きた生物にお目にかかったからだと、答えた。二番目の木の所へ行った時も、その木は、まるで五マイル離れた人の耳にも届くかと思えるほどの大きな声で笑い出し、そのうちやしの木全部が、一斉に笑い出し、森林全体が、まるで大きな市場の騒音のように、笑い声でにぎやかに揺れ動いているようだった。やがて頭をやおらもち上げて、やしの木のテッペンを見上げた時、彼らに、頭があることがわかった。でも頭といっても、きわめて不自然な、加工された頭だった。彼らは、奇妙な言葉ながらも、人間のように話すことができ、またわたしたちを見下しながら、とてもでっかい、長いパイプ（パイプをどこから手に入れたのかもちろん知る由もなかったが）をくゆらし、タバコを吸っていた。彼らの側にしてみても、今までに人間を見たことがなかったので、彼らの目にはわたしたちがとても奇妙に映ったのだった。

わたしたちはそこで眠ろうと思っていたが、笑い声が騒々しくて、とても眠ったり、体をやすめるどころの騒ぎではなかった。そこでこの「食いしん坊の森」を、早々に退散して、真夜中の一時半頃、とある森に入り、その晩はふしぎに、何も事件が起らなかったので、木蔭でぐっすり朝まで、久し振りに熟睡した。東の空がようやく白みかけた頃、わたしたちは、木の下で目をさまし、「幽霊島」――奇妙な生物の住む世界では、もっとも美しい「島」――を出て以来、何もたべていなかったので、早速火を起し、料理を作って、食事をとっていると、その森の動物が、あちらこちらと慌しく、逃げまわっているのが目に映った。その動物たちを、沢山の鳥が追いかけまわし、その肉を食べていたのだった。この鳥は、長さが二フィート程度で、一フィートもあるくちばしは、剣のように尖っていて、動物の肉を常食としていた。

この鳥が動物たちの肉をついばみはじめると、一秒とたたぬうちに、動物の体にはたちまち五十ばかりの穴ができ、それから一秒とたたない間に、動物は、ばったり倒れて、死んでしまった。そして、それから二秒とたたぬうちに、その死体をきれいに食べつくしてしまい、また新しい獲物を追いかけまわすのだった。鳥どもは、わたしたちが腰をおろしているのを見て、どう猛な、そして驚いたような素振りで、じっとこちらをにらんでいた。まかりまちがえば、わたしたちだって、あの動物たちの二の舞を演じることにならぬとも限らぬと思い立って、わたしは、早速、乾いた葉を集めて、火をつけ、「第二幽霊国、幽霊の森林」に住む、頭の二つある、仲よしの生物からもらったジュジュの粉末を、その上にふりまいた。すると数分のうちに鳥は、香《こう》の匂いでいたたまれなくなり、みんな退散してしまったので、わたしたちは、日の明るいうちに、できるだけ遠くまで、その森を旅することができた。そして夜がくると、わたしたちは、木蔭に腰をおろし、荷物をおいて、ここをねぐらと、眠りについたのだった。しかし眠られぬままに木蔭に坐って、その夜襲われるかも知れない危険について考えていると、やがて「えじきの精霊」が現われた。図体は、カバぐらいの大きさだったが、人間のように直立して歩いていた。胴体の三倍もある脚には、足が二つずつ付いていて、ライオンのような頭をして、胴体は、一面に、シャベルかクワぐらいの大きさの堅いウロコでおおわれ、そのウロコは、胴体に向って彎曲していた。そして、もしこの「えじきの精霊」が、えじきを捕えようと思えば、ある地点に立って、そのえじきをじっと睨みつけるだけで十分で、えじきを追いかけたりする必要は全然なかった。つまり、えじきをじっと睨み据えてから大きな目を閉じ、今度目を開けるまでの間に、ちゃんと、死んだえじきが、彼の立っている目の前に運ばれているのです。さてその夜、この「えじきの精霊」は、わたしたちのねぐらから、八十ヤードばかり離れた近くまでやってきて、その目から水銀色の投光照明《フラッドライト》を放射しながら、わたしたちをじっと睨みつけたのだった。

この光線がわたしたちを照らし出すや、たちまちにして、まるで水で沐浴したように体じゅうに熱を感じ出し、そのため妻は失神しそうになった。そこで、もし「えじきの精霊」が目を閉じると、お陀仏ということになるので、わたしは神に、精霊の目を閉じさせないようにさせ給えと祈った。すると、神の大きな慈悲と申すのでしょうか、精霊は、その時目を閉じることを思いつかなかったのだった。そのうちにわたしまでが、彼の目の熱射をまともに受けて熱くなり、息苦しくて気絶しそうになった。ところが運よくその時、近くを水牛が通りかかり、例によって、「えじきの精霊」が目を閉じると、その水牛が死に、彼の前に運ばれ、彼は水牛を食べはじめた。その間にわたしは、うまく逃げのびたのだが、妻が気絶していたことを思い出したので、早速枝の沢山ある木を探し出し、その木の根っこに荷物をおいて、妻を背負って木に登った。驚くなかれ彼は、四分もたたないうちに、水牛の死体を食べつくしてしまい、食べ終わると同時に、木に登る前にわたしたちが坐っていた場所に、彼の目から投光照明を放射した。もちろん、そこには荷物だけしかなかった。そこで荷物に投光照明を放射した時、荷物は引きずられて、彼の目の前に運ばれてきたが、彼が荷物をほどいた時、食べられるものは中には一つも入っていなかった。その後彼は、夜が明けるまで、わたしたちを待っていたが、そのうちとても駄目だと観念して、どこかへ立ち去って行ってしまった。

さて、妻を一晩中介抱した甲斐があって、早朝までに妻はすっかりよくなっていたので、木から降り、荷造りをして、急いで旅に出た。そして午後五時までに森林からの脱出に成功した。これが、「えじきの精霊」などから命拾いをした話のてんまつです。

さて、わたしたちは、また新しい生物の住む別の森林の旅に出かけた。この森林は、いま通り抜けてきたばかりの森林よりはずっと小さく、その上、いままでになく変化にも富んでいた。というのは、その森林には、荒廃したまま数百年間野ざらしになった無人の家屋が、沢山建っていて、その家を捨てて出て行った人々の家財は、今でも毎日使われているかのように、昔のままの姿で残っていたからだ。さて、わたしたちは、その森林で、平板な石に坐っているまぼろしに出会った。そのまぼろしは、二枚の長い胸をもち、その胸の奥深くに、目がついていて、見ただけでも醜悪な、身の毛がよだつ恐ろしい生物だった。まぼろしに会ってからわたしたちは、なおも、この廃墟の町を歩きつづけていると、コラの実が一ぱい入ったカゴを自分の前に置いた、もう一つのまぼろしに出会い、わたしが、カゴからコラの実を一つ取ろうとしたとたんに、驚いたことに、突然「**コラの実を取ってはならぬ。そこへ置いて行け**」という何やら人間らしい声がした。だがわたしは、その声には見向きもしないで、コラの実を取ってしまうと、すぐさま、ドンドン歩いて行った。——ところが、途中で、膝に目がくっつき、モモから腕が生え、おまけにその腕が足より長くてどんな木のテッペンにでも届くという、後ろ向きに歩く男に出くわして、またまた度ぎもを抜かれたのだった。おまけにその怪物は、もっていた長いムチを振りまわしながら、気ぜわしく歩いていくわたしたちを追いかけてくるものだから、わたしたちは、命からがら駆け出したのだが、彼はなお正味二時間にわたって、森林の中をあちらこちらと、わたしたちを追いまわした。彼は、そのムチで、わたしたちを打ちたくて仕方がなかったのだ。しかしそうやって逃げまわっているうちに、わたしたちは、思いがけなく、広い道路にぶつかり、道路に入ると、彼はすぐさま引きかえして行った。その道路の旅は、恐らく彼には許されていなかったのだろう。

かろうじてこの道路にたどりついたものの、わたしたちには、どちらの方へ行ったらよいものやら見当がつかなかったし、もし一方を取って行って、行きづまりになっても困るので、誰か人が通るのを見定めてからにしようと、わたしたちは三十分間待っていたが、三十分間待っていても人っ子一人通らず、ハエ一匹さえも、飛んで行かなかった。

道路は、とてもきれいで、足跡一つ見当らず、したがって、その点から推して、わたしたちは、これこそ例の、人間やほかの生物は一生に一度は必ず入らなくてはならない、そしてもし入れば、その町の住人は、とても邪悪で、残酷非情だから、二度とそこからは帰れない、あの「不帰《かえらじ》の天の町」に通じる道だという、確信を抱いたのだった。

## 「不帰《かえらじ》の天の町」への旅

わたしたちは、道を北側にとって行き、それはそれでよかったのだが、依然として足跡は一つもなく、また、人には一人も出会わずじまいだった。そして二時から夕方の七時までぶっ通しで歩いたのだが、一向に、町にも終着点にも着かなかったので、やむなく道ばたに停まって火を起こし、料理を作り、食事をして、そこで寝ることにした。幸いにしてその夜は何ごとも起らず、夜明けと共におき出して、料理を作って食べた。

そのあと、また旅に出たが、朝から夕方四時まで歩いても、誰にも出会わなかったので、これはてっきり「不帰《かえらじ》の天の町」に通じる道だなという確信をますます深め、したがってそれ以上行くのを断念して、そこで朝まで眠ることにした。そして翌朝わたしたちは、まだ暗いうちから目をさまし、食事の準備をして、それを食べてから、この道からそれるには、もう少し先まで行かなくてはならないことに気がついた。

　そこでもう少しその道を歩き続け、今までのように森林の旅をつづけるためには、そろそろ左へ折れ曲がらなくてはならなくなった時、どうしたことか、わたしたちは曲がることもできず、さりとて停止することもならず、また後ろへ戻ることもできなくなってしまい、道はただ一つ町に向って前進あるのみということになってしまい、とまろうと全力をつくしたが、駄目だった。

　一度入ると二度とはそこから帰れないという町に、ますます近づく一方なので、今では、どうしたら停止できるかが、わたしたちの死活の問題になってきた。そのときたまたま、すっかり忘れていたジュジュのことを思い出し、ジュジュを使ってストップをかけようとしたのだが、結果は逆で、速度がますます加わり出してきた。余すところ町まででわずか四分の一マイルと迫った時、道路一ぱいに建っている大きな門の所にやってきたが、その時門は閉まっていた。ところで、門の所でやっととまることができたのだが、今度は前へも後ろへも、動けなくなり、わたしたちは、その前で門が開くまで三時間ばかり、立ちすくんでいた。するとその時誰が押したのかわからなかったが、ともかく突然、わたしたちは町に足をふみ入れたのだった。町に入ってみると、今まで見たこともないような生物がいた。その生物についてここで洗いざらい説明することはできないが、彼らの話のいくつかを、かいつまんで申し上げると、大体こういうことになる。――この町はとても大きな町で、未知の生物で充ち溢れ、彼らは大人も子供も、人間に対してはきわめて残虐な敵意をむきだしにするのだが、それでもあきたりず、さらに残虐さを加重していく方法を探しているという、あきれ果てた人非人で、わたしたちが町へ入った時もたちまち六人で、わたしたちをがんじがらめに取り押え、のこった者で打ち、子供たちまで石を、雨あられと降らしてきた。

この未知の生物たちは、何かにつけて、人間の逆張りを行くのだった。たとえば、木に登る時には、まずハシゴに登っておいて、そのあとから、ハシゴを木にもたせかけたし、また、町の近くに平坦地があるのに、家はすべて、傾斜の急な丘陵の中腹に建てたし、そのために居住者も落っこちそうなぐらいに、家は傾斜し、事実、子供たちは、家からいつもころがり落ちていたが、親たちは一向におかまいなしといった調子だった。その他にも、自分たちの身体は洗わないくせに、家畜はよく洗ってやるし、自分たちは木の葉のようなものを着物代りにまとっているくせに、家畜には高価で、ぜいたくな着物を着せ、家畜の爪は切ってやるのに、自分たちの爪は、百年間も切らないでのび放題といった具合だった。それからまた、その町で、多くの人々が、屋根の上で寝ているのを見かけたが、彼らの言い分によると、家というものは、その中ではなく、その上で寝るために建てたのだということだった。

さて、この町のまわりには、分厚くて高い城壁がめぐらされていた。そして、もし地球の人間が、まちがって彼らの町に入ってきた場合には、その人間をひっとらえ、生きたまま、その体の肉をこなごなに切り刻み、時には、尖ったナイフで目を突き刺し、苦痛のあまり死ぬまでそこに晒《さら》しものにしておくのが、しきたりだった。さて、わたしたちは、六人の者にがんじがらめに押えこまれて、王様の所へ連れて行かれたが、連行中にも、ほかの者たちや子供が、わたしたちを打ったり、石を投げたりした。そんなわけで、わたしたちは、すぐにも王宮の中へ入りたかったのだが、王宮の門のところには数え切れない数の生物が、わたしたちを打とうと、手ぐすねひいて待ちかまえていた。宮殿に入るとわたしたちは、王様のお供の者に引き渡され、王様の前に連れ出されたが、わたしたちが王宮の中にいる間にも、王宮の門のところでは、数千の生物が、てんでに、こん棒、ナイフ、短剣、その他の武器をもち、子供たちはみな石をもって、わたしたちを待ちうけていた。

王様との間には、次のような対話が交わされた。——「どこから来たのか」という質問に、わたしは、「地球から来ました」と答えた。「どうやってこの町に来られたのか」という質問に、「わたしたちはこの町に来たくなかったのですが、道路が、連れてきたのです」と答え、「どこへ行くつもりなのか」と訊くので、「しばらく前わたしの町で死んだやし酒造りのいる町へ行くつもりです」と答えた。王様の質問に全部答えてからわたしは、この町にまちがって入ってきた者に対する、この未知の生物たちの残虐な仕打ちについて王様に直訴した。すると王様は、「不帰《かえらじ》の天の町」という彼らの町の名をくりかえしながら、「この町は、神に弓引く者だけが——残虐な、貪欲な、非情な生物だけが——住んでいる町なのだ」と言い放ち、お供の者に、わたしたちの髪の毛をきれいに剃りあげるよう命じた。お供の者と門にいた群衆は、この王様の命令をきいて、雀躍《こおどり》して喜び、大声をあげて跳びはねた。しかし神の慈悲というのでしょうか、お供の者たちが、王様に命じられた通りに、わたしたちの髪の毛を剃りはじめるまでは、わたしたちは王宮の外に連れ出されなくてすんだ。すんでのところで、わたしたちは、王宮の門の所で待ち構えていた連中に、八つ裂きにされるのを免れたわけです。

お供の者たちは、王様から賜わった平たい石を、剃刀の刃の代りにして、わたしたちの髪の毛を剃ったのだが、剃り加減が剃刀の刃のようにうまくはいかず、頭の至るところに切り傷ができた。彼らもできるだけの努力はしたのだが、どうもうまくいかないことがわかると、今度は、王様は、代りに使うようにと、割れたビンのかけらを賜わったので、それを使って無理やりに、髪の毛の一部を剃っていると、血が出てきて、そのため残りの髪の毛が見えなくなってしまった。さて、彼らは、髪の毛を剃り落とすまえに、実は、わたしたちを、丈夫なロープで、宮殿の柱の一つに縛りつけていたのだった。彼らは、一部分剃り終わってからわたしたちを柱に縛りつけたまま、コショウを粉にひきに行き、戻ってからそれをわたしたちの頭にこすりつけ、分厚いぼろ布に火をつけ、それを頭の中央部で、頭に触れそうに結びつけた。手と胴体が柱に縛られていたので、わたしたちは、頭を防ぐこともできず、意識をすでに失って、生死の淵をさまよっていた。頭のすぐそばに、火をぶらさげてから三十分ほどたって、彼らは火を取りのけ、今度は大きなカタツムリの殻で、再び頭を引っ掻きはじめた。もうその頃には、頭じゅう、血だらけになっていた。しかし、門でわたしたちを待っていた連中はみんな、長い間すっかり待ちくたびれて、家に帰り、そこには誰もいなかった。

そのあと彼らは、わたしたちを、太陽がカンカン照りの、広い原っぱにつれて行った。

その原っぱは、町の近くにあり、フットボール場のようにきれいに整地され、近くには、木一本、影一つなかった。さて、彼らはその原っぱの中央に、人間のアゴまでの深さの穴を二つ、並んで掘り、わたしと妻を別々の穴に入れ、掘った土で埋め、そのあと、土がわたしたちの胸部を強く圧して、息ができなくなるほど堅く、踏みかためた。そのあと、わたしたちの口の近くに食べものを置いたが、もちろんわたしたちは、それに触れることも、食べることもできなかった。わたしたちが空腹でたまらないことを知っての処置だったのです。そうやってから、彼らは全員でムチを切り取って、わたしたちの頭を打ちはじめたのだが、わたしたちには、どうにも防ぎようがなかった。とうとう最後に、彼らは、鷲をつれてきて、わたしたちの目をくちばしで抉りとらせようとしたが、鷲は、ただわたしたちの目をじっと見ているだけで、全然危害を加えようとしなかった。そこで彼らは、鷲を置いたまま、家へ帰って行った。わたしは、まだ町にいた頃、そういった類の鳥を飼育していたので、この鷲もわたしたちには危害を加えなかったのでしょう。そんなわけでわたしたちは、午後三時から翌朝まで、穴の中に埋められたままになっていたのだが、朝の九時頃になると、太陽が猛烈に照りつけた。彼らは十時にまたやってきて、わたしたちのまわりに大きな火を起し、しばらくわたしたちを打って、まって帰って行った。しかし、火が消えそうになった時、今度は子供たちが、ムチと石をもってやってきて、それでわたしたちを打ちはじめ、それがすむと、わたしたちの頭にのぼり、頭から頭へと跳びまわり、頭につばを吐いたり、小便したり、大便を流したりした。そして、彼らがわたしたちの頭に釘を打とうとしているのを見て、鷲は、くちばしで彼らをみんな原っぱから追い払ってしまった。ところで大人たちは、引き揚げる前に、わたしたちを生き埋めにして二日目の夕方の五時に、わたしたちを血祭りにあげる最後の訪問をする計画を立てていたのだった。しかし神の厚い慈悲により、午後三時に豪雨が襲来し、夜おそくまで降りつづいたため、とうとう彼らは、最後の訪問を断念せざるをえなかったのだ。

雨は激しく降りつづき、そのため夜中の一時には、穴の地盤もゆるみはじめたので、わたしたちは穴からはい上ろうとしたのだが、それを見ていた鷲は、近くまで寄ってきて、穴の上をひっかきはじめた。しかし穴はとても深く、鷲の思うほど早くは、土を掻き上げることはできなかった。それでも、わたしは、身体を左右にゆさぶりながら、うまく穴から抜け出て、妻のところに駆けより、彼女も穴から引き揚げた。それから急いで原っぱを脱出し、例の町の正門のところにやってきたが、運わるく門は閉まっているし、おまけに町は、分厚い高い城壁ですっかり張りめぐらされていた。そこでわたしたちは、やむなく城壁の近くの、長い間のび放題になっていた灌木林に、潜むことにした。やがて夜が明けて原っぱにやってきた連中は、原っぱが裳抜けの殻になっているのに気がつき、わたしたちを追跡しはじめ、わたしたちが潜んでいた灌木林にやってきた時、彼らは、もの凄い力で、その灌木林に、わたしたちもろとも、強打を浴びせたが、結局はわたしたちを探し出すことができずに、もうわたしたちは町から出て行ってしまったのだろうとあきらめて、引き揚げて行った。

その町の太陽は、焼けるように熱く、朝早くから、どこもかしこも乾き切ってしまうほどだった。さて、みんな寝しずまった真夜中の二時頃、わたしたちは、周囲に気を配りながら、そっと町に入りこみ、まだ消えていなかった火から、もらい火をして、何軒かの家に、火を放った。彼らの家はみんな草葺きで、家同士が軒を接して建ち並び、おまけに乾期だったので、火はまたたくまに燃えひろがり、彼らが目をさます前に、家はみな燃え落ちて灰になり、約九十パーセントの住民が、家もろとも焼け死に、子供は一人も助からなかった。それに助かった連中も、その晩のうちにコソコソと逃げ出してしまった。

夜が明けた時わたしたちは、町に行ったが、誰一人いなかった。そこで、わたしたちは羊を一頭捕えてきて、殺して炙り、肉をたらふく食べてから、残りの肉け荷に詰めて、斧を一丁もって、廃墟の町を出た。そして厚い城壁の所に来た時、壁の一部を、窓のように切断し、そこをくぐり抜けて外へ出た。

このようにして、わたしたちは、「不帰《かえらじ》の天の町」の住人である未知の生物から、無事に抜け出すことができたのだった。さて、その町から遠く離れて、もう大丈夫だと思ったので、わたしたちは、通行中の森林の中に、二階建てで草葺きの、ささやかな仮の住居を建て、動物などから身を守るために生垣代りに棒で周囲を張りめぐらした。そして、改めてそこで、ゆっくりと妻の療養にとりかかった。わたしは昼間は、森林を歩きまわり、森の動物を殺したり、食用の木の実を摘んでは、食料の代りに食べながら、わたしたちの露命をつないでいた。そして三カ月間治療に専念した結果、妻はすっかりよくなった。一方わたしは、動物を探して森林をさまよっていた時、木の柄がすっかり虫に喰われてしまった、古っぽけた短剣を見つけたので、早速それを拾い、やしの木の皮ヒモで、それをぐるぐる巻きにし、それから、そこには石が一つもなかったので、堅土で研ぎ、丈夫でしなやかな棒を切り取って、弓形に曲げ、小さな棒を沢山削って、矢のかわりにして、護身用に使った。五カ月と何日かその家ですごしてから、わたしたちは、妻の父の町に引きかえそうかとも考えてみたが、途中いろいろとひどい目に遭うことは必定で、それはきわめて危険だし、おまけに、道を間違えずに引きかえせるたしかな自信もなかったので、それはあきらめることにした。退くもならず、さりとて進むことはなおさら至難のわざで、進退ここにきわまったわけだが、しかし結局意を決して、前へ進むことにした。そこでわたしは、緊急の場合に備えて、短剣と弓矢を携帯したが、荷物の方は、「不帰《かえらじ》の天の町」で取りあげられてしまい、それを家もろとも焼き払ってきたので、一つものこっていなかった。翌朝早くわたしたちは、旅に出たが、その日はあいにく、今にも豪雨が降り出しそうな、とても暗い日だった。わたしたちの仮の家を出てから七マイルばかり歩いて、わたしたちは足をとめ、もってきた焼き肉の一部で腹ごしらえをして、また旅をつづけたが、一マイルと行かないうちに、大きな川が、わたしたちの行手に立ち塞がった。川に着いて、見まわすと、その川は、とても深く、おまけに渡してくれそうなカヌーの類も見当らず、到底渡れそうにもなかった。数分間立ちつくしてから、ひょっとしたらこの川の土手に沿って行けば、川のはしまで行きつくことができるかも知れないと考えて、右手に折れて四マイル以上も歩いたが、川のはしは見当らなかった。そこでまた、引き返して、今度は左手に道をとり、六マイルばかり行ったが、これまた川のはしはどこにも見当らなかった。そこで、どうすれば川を渡れるか、足をとめて考えてみた。しかしその時、土手にそって、もっとドンドン歩いて行けば、ひょっとすると川のはしか、あるいは休息をとったり夜眠れる安全な場所にたどりつけるかもしれないと思い直して、またドンドン歩いて行った。すると三分の　マイルも行かないうちに、長さ千五十フィートぐらい、直径二百マイルもある巨木が見え出してきた。この木は、白ペンキで、毎日葉から枝まですっかり塗りつくされているような、ほとんど白一色の木だった。そして、わたしたちがその木から四十ヤードばかり離れた所にきた時、わたしたちは、誰かがのぞき見しながら、まるで写真家が誰かにピントを合わせているように、わたしたちに、焦点を合わせているのに気がついた。そこでわたしたちは、左手の方に駆け出してみたが、彼もまたそちらの方に向きを変え、わたしたちが右手に移動すると、彼もまた右手に変え、相変らず、わたしたちに焦点を合わせつづけるのだった。わたしたちに焦点を合わせている男の正体は、もちろんわたしたちには、わからなかったが、ただその木が、わたしたちの変える通りに向きを変えていたことだけは確かだった。結局最後に、わたしたちに焦点を合わせていたのは、この恐ろしい木だということがわかったので、妻と相談した結果、ここはぐずぐずしているべき場所ではないということになり、わたしたちは、早々に命からがら、引きあげて行った。ところが、わたしたちが、この木から逃げ出したとたんに、突然、大勢の人が大きなタンクに一度にどっとしゃべり出したような、恐ろしい声がしたので、ギョッとしてうしろを振りむくと、大きな手が二本、その木から伸びてきて、「停れ」の合図をしているのが、目に映った。彼がそう言っていることには、すぐに気がついたのだが、わたしたちは全然停止しなかった。そこで彼はまた、「停止してここへこい」と言ったが、それでもわたしたちは、彼の言う通りに、彼の所へは行かなかった。そこで彼は、再度、まえよりはずっと大きな奇妙な声で、「停れ」と言った。しかし、今度はさすがのわたしたちも、ドキッとして思わず立ちどまり、うしろを振り向いた。

わたしたちは、後ろを振り向いて、大きな手を見た時恐怖のあまりゾッとした。そして、そのために、「両手」が、わたしたちをさし招いて、来いという合図をした時、妻はわたしを指さし、わたしは妻を指さし、妻はわたしに、まず先に、むりやりに行かせようとし、わたしは妻を押して先に行かせようとして、妻とわたしは、お互いに相手を敵に売ったのだった。わたしたちがお互いに譲り合っているのを見て、「両手」は、「木は、お二方を所望されているのであって、どちらの一人も欠くわけにはいかないのだ」と言った。ところで、わたしたちは、生れてこのかた、そして森林の旅をして以来今までに、手が生え、口を利く木などというものを見たこともなかったので、すっかり怖気《おじけ》づき、またぞろ逃げ出しはじめたのだが、逃げて行くわたしたちを見た時、「両手」は、驚いたことに今度は木から手をスルスルと際限なく伸ばして、逃げていくわたしたち二人を地面からつまみあげた。そのあと手は、木の内部へと回収されていったが、わたしたちが、木に触れんばかりになった時、大きな戸が開いて、「両手」は、そこからわたしたちを木の中へ引きずりこんだ。

さて、白い木の内部に入る前に、わたしたちは、戸口の男に、七十ポンド十八シリング六ペニーで、「わたしたちの死を売り」渡し、同様に、一カ月三ポンド十シリングの金利で「わたしたちの恐怖を貸与」してしまっていたので、わたしたちはもう、死について心を煩わすこともなく、恐怖心を抱くこともなかったのだった。白い木の中に入った時、わたしたちは、大きな美しい町の中央にある大きな家におさまり、そのあと老婦人のもとに案内され、そこで「両手」は引き下がった。このようにして、わたしたちは、高価な家具で美しく装飾された大広間で、椅子に坐っていた年とった婦人と対面したわけだが、彼女は、わたしたちに、彼女の前に坐るように言ったので、言われる通りにした。彼女は「わたしの名を知っているか」と訊くので、「知らない」と答えると、「わたしの名は、「誠実な母」といい、あらゆる逆境に苦しみ、艱難にじっと耐えている人々を助けるのがわたしの仕事だ。決して人を殺すようなことはしない」と紹介してくれた。
そのあと彼女は、わたしたちをここへつれてきたあの大きな「手」の名を知っているか、と訊くので、知らないと答えると、名は、「誠実な両手」といい、この森林で難渋している旅人を探し出しては、彼女の許に連れてくるのが、彼の仕事なのだと、説明してくれた。

**「白い木の誠実な母の仕事」**

彼女は、話しおわってから、召使いの一人に命じて、わたしたちに食べものと飲みものを出すようにいいつけると、早速召使いは、出してくれたので、わたしたちは、心ゆくまで食べて飲んだ。そして、食後「誠実な母」は、わたしたちについて来るように言ったので、あとをついて行った。すると彼女は、家の中央部の、一番大きなダンスホールにわたしたちを案内してくれたが、そこでは、三百人を上まわる人々が、みんな一緒にダンスをしていた。ホールは、約百万ポンドの金をかけて、美しく飾り立てられ、その中央には、沢山の肖像が掲げられ、その中には、わたしたちのものも入っていた。わたしたちが見た自分たちの肖像は、実によくわたしたちに似ていて、やはり色は白かったが、こんな所で自分の肖像に出くわそうなんて、ほんとうに驚く他はなかった。よくわからないけれども、恐らく最初に、「両手」がわたしたちを白い木の内部に引きずりこむ前に、写真家のようにわたしたちに焦点を合わせていた男が、撮ったのでしょう。「こんなに肖像を集めてどうなさるつもりですか」と、「誠実な母」に訊きただすと、思い出のためと、それに、難渋してひどく苦しんでいるところを助けてあげた人々の面影をしっかり心に留めておくためです、と教えてくれた。この美しいホールは、あらゆる種類の食べもの飲みものが、ギッシリ詰まり、それに二十を越える舞台があり、オーケストラ、音楽家、ダンサー、タッパーたちなら何人でも収容できるというマンモスホールだった。オーケストラは、いつも繁忙をきわめ、七つか八つぐらいの了供たちが、いつも舞台で、調子のよい歌にあわせてダンスをしたり、タップをしたりしていた。また子供たちは、熱っぽい旋律にあわせて、ノンストップ・ダンスをおどりながら、朝まで歌いまくることもあった。そしてわたしたちも気がついたことだが、このホールの照明は、すべて、テクニカラー方式で、五分間隔で色彩が変化していた。その後彼女は、順を追って食堂・台所という具合に案内してくれたが、台所では、いつも蜂のように忙しい、約三百四十人の料理人が、働いていた。さて、この家の部屋は全部一列になって並んでいるのだが、今度は、大勢の患者が病床に臥している病院に案内してくれ、そこでは彼女は、「不帰《かえらじ》の天の町」の住民が、割れたビンのかけらで、無理やりにわたしたちの髪の毛を剃り落としたために、すっかり禿げてしまった頭を治療する専門医を、わたしたちに紹介してくれた。

その病院に入院して一週間治療しているうちに、頭に毛が見事に生えそろったので、「誠実な母」の所へ帰ると、彼女はわたしたちのために、部屋を一つ提供してくれた。

## 誠実な母と一緒に暮した白い木の中の生活

さて、わたしたちは、「誠実な母」と一緒に暮し、彼女は、誠実そのもので、わたしたちの面倒をよくみてくれた。そして、この母と一緒に暮すようになって一週間もたたないうちに、わたしたちは過去の苦労をすっかり忘れてしまい、彼女は彼女で、いつでも好きな時に、ホールへ行ってもよいと言ってくれた。そこでわたしたちけ欲しいものは何一つ買いこんでいなかったので、朝早くホールに出かけて、飲み食いをはじめなくてはならなかった。それにわたしは、かつてわたしの町では、指折りのやし酒飲みで鳴らした男だったので、飲みものはどんなものでも気前よくガブガブ飲みはじめた。そして一カ月足らずで妻とわたしは、自分でも不思議なぐらいの、すばらしいダンサーになっていた。さて、ある晩、真夜中の二時頃、わたしたちが飲みものの不足を訴えた時、給仕長は、早速そのことを「誠実な母」に伝え、店には一滴も残っていないことを話すと、彼女は、ちょうど注射器のビンの大きさの、そして中にはやし酒が少ししか入っていない小さなビンを、給仕長に渡した。給仕長がそれをホールまでもってきてくれたので、わたしたちはそれを飲みはじめたのだが、三日三晩たっても、このビンの五分の一のやし酒を飲みほすことはできなかった。さて、この白い木の中に入って三カ月ばかりたつと、わたしたちは、すっかりこの家の住人になりすまし、好きなものは何でも無料で食べられるようになっていた。この家には、賭博をやる特別室があり、わたしもその仲間に入ったのだが、腕が未熟なためわたしたちの「死」を売って得たあり金全部を、専門の賭博師にまきあげられてしまった。そして、いつかここを出れば、金が入用であることを、すっかり忘れてしまっていたのだった。もちろん「恐怖」の借主の方は、毎月キチンキチンと、借用料を払ってくれていたことは、いうまでもない。今ではすっかり居心地がよく、白い木の中に入る前に目指していた町へ旅行するのが、すっかり嫌になり、永久にここに、住みつきたい気持ちだった。

しかし、わたしたちが、「誠実な母」と一緒に、一年と二週間暮したある夜、彼女は、妻とわたしを呼んで、そろそろここを離れて、今までどおりに旅をつづけなさる時ですよ、と言ってくれた。彼女にこういわれた時、わたしたちは、いつまでもここにおいてほしいと懇願したのだが、彼女は、「たとえどなた様の場合でも、一年と数日以上に逗留期間の延長を認める権限は、わたしにはございません。その権限がわたしにあれば、喜んであなた方の御要望はきいてあげたいのですが」と言い、さらに言葉をついで、「早速明朝にでも出立できるよう、荷物をまとめて用意をなさい」と言うのだった。そこでわたしたちは部屋に戻り、準備をしながらも、これから先、再び遭遇しなければならない苦労のことを思って、心配でたまらなかった。そのためその夜はホールへは行かず、夜が明けるまで一睡もできなかった。眠れぬままに、早朝になって、目的地まで付き添って行ってほしいと彼女に頼んでみようという考えがわたしたちの心に浮かんだ。そこで早速彼女のところへ行って、出立の準備は万端整ったが、森林には恐ろしい生物が生息しているので、目的地までぜひ送り届けてほしいと頼んでみた。すると彼女は、国境を越えることは絶対に許されないので、その依頼には応じかねると答え、その代りに、わたしには、銃と弾薬に短剣をくれ、妻には餞別として高価な衣裳などを、また二人には焼き肉、飲みもの、タバコをいっぱいくれた。その後、彼女は、わたしたちについて送ってきてくれたが、木が大きな戸のように開いているのを見た時には、さすがのわたしたちもびっくりした。そして突然、わたしたちは森林の中に放り出され、たちまち戸は閉まった。その木は、見たところ、そのように開いたりすることのできない普通の木と全然変らないのだった。そしてふと気がついてみると、森林の白い木の根っこにいた、妻とわたしは、思わず顔を見合わせて、「また森林にやってきたね」と、叫んだ。いってみれば、自分の部屋に寝ていた人間が、目をさましたとたん、大きな森林の中にいるのに気がついたようなものだった。

それから、わたしたちは、借主から「恐怖」をとり戻し、最後の金利を払ってもらった。そのあと、わたしたちから「死」を買いとった男を見つけたので、「死」を返してくれと交渉したが、その男は、それはわたしたちから買いとったものだし、代金もちゃんと払ったのだから、返すわけにはいかないと断わってきた。そこでわたしたちは、「恐怖」だけをもって、「死」の方は、買主の方に任せておいたのだった。さて、わたしたちは川を渡ることができないで、結局は白い木を見つけてその中に入ることと相なった、例の川の所まで、「誠実な母」に案内してもらい、川の所で足をとめ、彼女の仕草をじっと見守っていた。するとしばらくして、彼女は、地面にあった、マッチ棒のような小さな棒を拾いあげ、それを川の上に放りなげた。するとたちまちそれは狭い橋になり、向う岸へ渡れるようになったのだ。そうしておいて彼女は、わたしたちに、橋を渡って向う岸に行くように言い、彼女自身は、相変らず同じ場所に突っ立ったままだった。そして、わたしたちが向う岸に着いたとたん、彼女は、手を差し出して橋に触ると、橋は元の棒切れに戻って、彼女の手の中に入っていた。そのあと彼女は、歌を歌いながら、わたしたちの方に手を振っていたので、わたしたちも同じように、彼女に手を振り返していたら、たちまちにして彼女の姿は、消えてなくなった。すべての生物に誠実な、白い木の「誠実な母」と別れたいきさつは、ざっとこんなところでした。

さて、「恐怖」を取り戻し、いつもの新しい旅に出かけたが、「誠実な母」と別れて一時間もたたないうちに、大雨が降り出し、折あしくこの森林には、雨などをよける避難場所がなかったので、止むまで二時間ばかり、雨に打たれていた。妻は、思うように早くは歩けなくなったので、わたしたちは、足をとめ、「誠実な母」に貰った焼き肉を食べ、二時間の休息をとり、それからまたあらためて旅に出た。この森林を歩いていた時、わたしたちの方に向ってやってくる若い婦人に出会った。彼女を見かけたので、わたしたちは、横に曲がってほかの道を行くことにしたが、彼女もまたそこで曲がってついてきた。わたしたちは、とっくに「死」を売ってしまっており、従って二度と死ぬ心配はなかったので、腹を据えて足をとめ、彼女に、こさせて好きなようにさせてやろうと、待ちかまえていた。しかし「恐怖」の方は売っていなかったので、彼女が怖くてたまらなかった。この婦人が近寄ってきた時、彼女は、長い仮装ガウンを身にまとい、首のまわりには、金色のビーズを沢山飾りつけ、アルミニウムによく似た色のハイヒールをはき、背の丈は十フィートの棒ぐらいで、濃い赤い顔色をした婦人であることがわかった。近づいてきてから彼女は、足をとめ、これからどこへ行くのかと訊くので、「死者の町」へ行くのだと答えると、どこから来たのかと、さらにつっこんで訊くので、白い木の「誠実な母」のところからやって来たと答えた。わたしたちの答えをきいてから、彼女は、ついてくるようにと言った。しかし、その時わたしたちは、彼女が怖くて怖くてたまらなかったし、妻も、「この女は人間ではなく、精霊でもないし、一体何者だろう」と不審がった。結局わたしたちは、彼女に言われるままに跡をついて行き、この森林の中を六マイルばかり行ったところで、「赤い森林」に入った。さて、この森林というのは、真赤な色をした森林で、その中の木・地面・生物すべて、濃い赤一色に染まっていた。そして、この森林に入ったとたんに、妻とわたしも森林と同じ真赤な色に変ってしまった。そしてわたしたちが「赤い森林」に入った瞬間、妻の口から出た言葉は、「この森林は、心にとって、恐怖の種ではありましょうが、決して危険ではないでしょう」という言葉であった。

## 「赤い町の赤い住民とわたしたち」

「赤い森林」を「赤い婦人」と一緒に、十二マイルばかり歩いてから、わたしたちは「赤い町」に入り、町の住民も家畜も、体がみんな真赤だということがわかった。そのうちわたしたちは、その地域では一ばん大きな家に案内されたのだが、なにしろその町に着く前からわたしたちは、腹ぺこだったので、その婦人に、食べものと水をねだった。しばらくたつと、彼女は両方とも運んできてくれたが、驚いたことにそれらは赤ペンキのように真赤だった。しかし味の方は、普通のものと少しも変りがなかったので、わたしたちは食べものを食べ、水を飲んだ。彼女は食べものを運んでから、わたしたちをそこに置いたまま、いずこかへ立ち去って行ったが、わたしたちがそこに坐っていると、「赤い住民」がやってきて、びっくりしたような顔付で、わたしたちをじっと見ていた。数分たつと婦人が戻ってきて、ついてきなさいと言うので、わたしたちは言われるままについて行った。彼女はわたしたちをつれて町中を案内し、すみずみまで見物させてくれてから、これまた血のように真赤な王様の前に、わたしたちをつれて行った。王様はわたしたちを快く迎え、彼の前で、坐るように言った。そうしてから王様は、わたしたちに、どこからきたのかとおたずねになったので、白い木を統治している「誠実な母」のもとからやってきました、と答えた。わたしたちの答えをきいた時、王様は、「その「誠実な母」というのは、実はわたしの妹なのだ」と教えてくれたので、わたしたちはすっかり気をよくして、彼女がわたしたちの難渋を救ってくれたことなどを話した。それから王様は、わたしたちの町の名を訊くので、その名を言うと、今度は、この赤い町にくる前に生きていたのか、死んでいたのかと訊くので、わたしたちはまだ生きていて死者になってはいなかった、と答えた。

引見が終わって、王様は、わたしたちをつれてきた例の「赤い婦人」に命じて、宮殿の部屋一つをわたしたちにあてがってくれた。しかしその部屋というのは、ほかの部屋からはとても離れていて、近くには誰も住んでいない独立した部屋でした。そこで、わたしたちはその部屋に入って、いろいろと考えはじめた。――この「赤い町」の「赤い住民」の「赤い王様」は、果して何を意図しているのだろうかという問題が、わたしたちの心深く、突き刺さった疑惑だった。そして、この疑惑のため、わたしたちは朝まで眠ることができなかった。

朝早く起き出してわたしたちは、「赤い王様」のところへ行き、その前に坐り、王様が口を切るのを待ちうけていた。ところが八時頃になって、例のわたしたちを「赤い王様」のもとにつれてきた「赤い婦人」がやってきて、わたしたちの後ろに坐った。しばらくたつと、「赤い王様」は、やおら口を切って、次のように、「赤い町」、「赤い住民」、「赤い森林」について、話してくれた。――「この「赤い町」の住民はすべて、昔は、人間だったのです。その頃はわたしたち人間の目はすべて、ヒザに付いていたし、また引力の関係で、空に向けてかがんだし、歩き方にしても、後ろ向きに歩いて、決して現在のように前歩きには歩きませんでした。ところがある日、わたしがまだ人間の仲間だった頃、わたしは、どの川からも遠く隔たった、そして近くには池一つない森林にワナをしかけ、そのあとで、どの森林からも遠く隔たった、そして近くには土地の一かけらもない川の中に、魚のアミを張りました。翌朝になって、わたしは、まず最初に魚をとるためにアミを張った川へ出かけて行きました。するとどうでしょう、驚いたことに、そのアミにかかっていたのは魚ではなくて、赤い鳥でした。おまけにその赤い鳥は、川の中にいたにもかかわらず、まだ生きていたのです。それからわたしは、赤い鳥と一緒にアミを引き揚げ、そのアミを川の土手におきました。そうしておいて、わたしは森林の動物を捕えるためにワナをしかけておいた森林に出かけて行くと、これまた驚いたことに、ワナには大きな赤い魚がかかっていて、まだ生きていました。そこでわたしは、赤い鳥と赤い魚をぶらさげてアミとワナをもって町に戻りました。しかしながらわたしの両親は、ワナにかかったのが森林の動物ではなくて赤い魚であり、またアミにかかったのが魚ではなくて赤い鳥であり、おまけに両方ともまだ生きているのを見て、それらを、わたしがとってきた元の場所に戻すようにわたしに言いつけました。そこでわたしは、それらをもって、捕えてきた元の場所に戻すために、道を引き返して行ったのです。

ところが引き返す途中で、わたしは足をとめ、木蔭で休みながら火を起し、火の中へ赤い生物を二匹入れました。わたしは、それらを焼いて灰にして、町に帰るつもりだったのです。ところが、おったまげたことに、赤い生物を、火の中に入れようとすると、彼らは、まるで人間のように、口を利きだし、赤い生物は、自分たちは火の近くに寄ってはならないことになっているので、絶対に自分たちを火の中へ入れてはならない、と言うのです。彼らがそんなことをいうのを聞いた時、わたしは、ゾッとしました。わたしはもちろん、彼らの言うことなどには耳を貸そうともせず、彼らをアミとワナから取り出して、火に入れようとしたのですが、彼らはなおも、自分たちを絶対に火の中に入れてはならないと、誇らしげに、くりかえして言うのでした。その言葉はわたしの耳に入ったけれども、わたしは、すっかり腹を立てていたので、彼らを無理やりに火の中に入れてしまいました。赤い生物は、火の中に入れられながら、今すぐ火の中から出しなさいと執拗に言っていたが、わたしは、そんなことは絶対にできないといって、突っぱねました。しばらくたつと、彼らは、焼けて二つに割れましたが、それでも話しつづけていました。そこで、わたしは、もっとよく乾いた棒を集めてきて、火の中にくべると、火はパッともえ上り、突然わたしは、火から出た煙にまかれてしまい、ほとんど息もできなくなりました。そして煙から逃げ出す糸口もつかめぬうちに、わたしの体はみるみる赤くなってしまいました。それをみたわたしは、急いで町へ走って帰り、家にとびこみましたが、煙はその間じゅうずっと、わたしのあとを追いかけ、わたしと一緒に家まで入ってきました。わたしの体がすっかり赤くなったのを見て、両親は、きっとこの赤は洗い落とせるだろうから、わたしの体を洗い流してやろうと思っていたのですが、ところが、煙が家に入るとたちまちにして、家中の者が赤くなってしまいました。そこでわたしたちは、玉座にまします王様の前に進みでて、事の一部始終を話しましたが、煙は、一言も王様の発言を許さないのです。そして、またたくまに、煙は町中にひろがり、町の住民や、家畜や、町も、川も、森林も、たちまちにして赤くなってしまいました。

自分たちの体の赤を洗い落とすことができないまま、赤く染まってしまってから七日目に、わたしたちはみんな、家畜もろとも、死に絶えてしまいました。そこでわたしたちは、その町を離れて、ここへ落ちのびて定住したわけですが、わたしたちの体が赤いことは、今もって死ぬ前と同じだし、しかもここで、わたしたちが出会った家畜や、川や、町や、森林も、何もかも、赤くなってしまい、その時以来わたしたちは、「赤い住民」と呼ばれるようになり、町は「赤い町」と呼ばれるようになりました。さて、ここに定着して数日後に、赤い魚と赤い鳥がやって来て、この町のすぐ近くにある大きな穴に住みつくようになりました。そして赤い生物たちがここへ来て以来、彼らは、毎年きまって一度だけ穴から出てきて、わたしたちに人身御供《ひとみごくう》を要求するようになりました。そこでわたしたちは、残りの者の命を救うために、やむなく、毎年一人ずつ彼らにいけにえを捧げて参りました。それにしても、この二つの生物が、今年の人身御供を要求しに穴から出て来る日が、あと三日と迫ったちょうどよい時に、あなた方おふた方が、「赤い町」にこられたので、わたしたちはとてもうれしく、胸をなでおろしているところです。どうか、あなた方のどちらか一人が、この生物たちのいけにえとして、人柱に立って頂けるならば、これにまさる喜びはないのです」

「赤い王様」が逐一話をして、その結論として、わたしたちのどちらか一人が、どうしても、この二つの生物の人柱に立ってほしいという王様からの強い懇請をうけて、わたしは、妻に、どうしたものだろうかと、相談をもちかけた。わたしにしてみれば、妻を、妻にしてみればわたしを、ここで一人だけにしておきたくはなかったし、おまけに「赤い住民」たちは、自分たちが人身御供になるのは、真平ごめんだというところだった。そして、やがて王様からは、できるだけ早く返事を聞きたいと、催促がきた。

　妻はその時、こんな謎めいたことを言った。――「このことによって短い期間、一時的には女を失うことにはなりましょうが、男を恋人から引き離す期間は、もっと短いものになりましょう」妻は、予言者のように、比喩を使って話したので、わたしには、その言葉の真意は、つかめなかった。しばらくたって、わたしは、「赤い王様」のもとに行き、赤い生物どもの人身御供にわたしがなりましょうと、申し出た。それを聞いた時の「赤い王様」と「赤い住民」たちの喜びようといったら、ただならぬものがあった。さて、わたしが自分の生命を捧げる気になった理由は、わたしたちはすでに、ある男に「死」を売り渡してしまっていたことを思いだし、したがって二つの生物は、絶対にわたしを殺せないことを知っていたからだった。ところで、わたしは知らなかったのだが、実は、この「赤い住民」たちは、二つの赤い生物が穴から出てくる前の日に、人身御供を申し出た者のために、祖先伝来の儀式をとりおこなうしきたりになっていたのだった。

　そこで、「赤い住民」たちは、わたしの頭の毛を全部剃りおとし、その半分を、一種の赤ペンキで塗り、残りの半分に、伝家の白ペンキを塗りつけ、そのあと、総出で一堂に会し、太鼓師や謡曲師ともども、わたしを、正面の座に据えた。そして彼らは、町中をねり歩きながら、太鼓師が、太鼓をたたくのに合わせて、わたしにも踊るように言った。妻もわたしたちのあとをついてきたのだが、彼女には、夫であるわたしをやがて失うことになるのだといった素振りは、微塵もみられなかった。しかしながら、赤い生物が現われるといわれる朝の五時になった時、わたしは、別れる時に「誠実な母」から貰った銃と弾薬、それに短剣をもち、もっとも強力な弾薬を銃に装塡して、肩にかつぎ、短剣を研いで、しっかりと右手に握りしめた。朝の七時になった時「赤い王様」と「赤い住民」たちは総出でわたしを穴のある所へつれて行き、赤い生物の供物としてわたしをそこに置いたまま、彼らはみな町へ引き揚げて行った。その場所は、町から半マイルも離れていなかった。

二つの赤い生物は、いけにえに差し出された供物が、複数であることがわかれば、きっと彼らは、十把一からげに全部を殺してしまうだろうから、わたし一人をそこにのこして、彼らはみんな町へ走って帰って行った。しかしながら妻だけは、彼らと一緒に帰らないで、わたしにも気づかれないようにこっそりと、わたしの居場所の近くに隠れていた。わたしは、穴の前で三十分間立っていると、千人の人間が穴の中にいるような大きな音が、穴からしはじめ、あたりが揺れはじめたので、肩から銃をおろして、しっかり両手で握りしめ、息をこらしながら、穴の方をうかがっていた。二つの生物は、横に並ばないで、縦隊になって穴から出てきた。その時わたしの方に向って前を歩いてやってくるのは、赤い魚の形をした生物だった。そして、実際の話、わたしは、この赤い魚を見た時、本当にゾッとして、その場で、気を失いそうになった。だがその時、わたしは、わたしたちがすでに「死」を売り渡してしまっているのだから、二度と死ぬようなことはないのだということを思い出し、したがって「死」の方は心配なかったが、「恐怖」の方は売り渡していなかったので、わたしは、怖くて怖くてたまらなかった。姿を現わした時の魚は、カメの頭のような恰好の頭をしていたが、大きさは象ぐらいもあり、三十本以上の角と大きな目が、頭をとりまいていた。そしてこれらの角がまた、コウモリ傘のように、みな広がっているのだった。赤い魚は歩くことができず、ヘビのように、地面をすべるように進んできた。胴体は、コウモリのような胴体をしていて、皮ヒモのような長くて赤い毛で、おおわれていた。飛ぶ方は、ごく近距離だけしか飛べなかったが、ひとたび吠えるとなると、四マイルはなれている人の耳にも入るぐらいの、もの凄い声だった。そして頭をとりまいている目はすべて、まるで人間がスイッチをつけたり消したりしているように、パチパチ開いたり閉じたりしていた。

この赤い魚は、わたしが、穴の前に立っているのを見たとたんに、人間のような笑い声を立てながら、わたしの方に向ってやってきた。事実わたしは、これは本物の人間にまちがいないと、自分に言いきかせたほど、人間そっくりだった。赤い魚が笑いながら、わたしの方に近づいてきた時、わたしは身構えて、わたしとの距離がまだ二十フィートばかりあったのだが、ここぞとばかりにわたしは、頭のど真中を狙って銃をぶっ放し、砲煙が霧散しないうちに、もう一発装塡してぶっ放した。すると赤い魚は、その場にコロリとぶっ倒れて死に絶えた。妻は、赤い魚が穴から出てくるのを、かくれていた場所から見た時、町に走って帰った。それにしても、穴から赤い魚が出てきた時、わたしは、これは絶対に殺さなくてはならないと知りながらも、かんじんのジュジュは、すでに使いはじめて久しいので全部役に立たなくなっており、したがってジュジュは、一つもないといった状態だったから、一時はどうなることかと心細くてたまらなかったのだ。

そのあとで、二つ目の赤い生物(赤い鳥)を射殺するために装塡し、待ちかまえていると、五分もたたないうちに姿を現わしたが、その時はわたしの準備も十分できていた。わたしが見た時、それは確かに赤い鳥であることは、まちがいなかった。それにしても頭の重さが一トン以上もあり、そして長さ半フィートぐらいの、非常に分厚い長い歯が六本、くちばしと一緒に口から生えていた。そして頭には、到底ここでは完全に説明しつくすことができないほどの、あらゆる種類の昆虫が、一面に群れ集っていた。この鳥は、わたしを見ると、たちまち口を開けてわたしを一呑みに呑みこもうと近よってきたが、わたしの方は、すでに準備がすっかり整い、手ぐすねひいて待ちかまえているところだった。赤い鳥は、わたしが立っていた場所の近くまできて、立ちどまり、第一発でわたしが血祭りにあげた赤い魚をまずのみこんでから、真一文字にわたしの方に向って突進してきたので、わたしは銃をぶっ放し、二発目を装塡し、それで見事にしとめた。

二つの赤い生物を退治してホッとした時わたしは、わたしたちを「赤い王様」の所へつれて行ったあの「赤い婦人」と出会った瞬間、妻が言った、「それは心にとって、「恐怖」の種ではありましょうが、決して危険ではないでしょう」という言葉を思い出した。

さてわたしは早速、「赤い町」の「赤い王様」の所に行き、赤い生物を二つとも退治したことを報告した。すると王様は、その話を聞くと、即座に椅子から立ち上り、赤い生物どもを射殺した現場まで、わたしを案内させた。赤い王様は、赤い生物が死体となっているのを見て、「将来わが町を破壊しかねない恐ろしい有害な生物が、また出現した」と言った。(わたしは、王様に、恐ろしい有害な生物よばわりされたのだった)そう言いおわるとすぐさま、王様はわたしをそこに置いたまま、町に引き返し、町の人々を全部呼び集めて、自分が見てきた事の次第を話した。すると、この「赤い住民」たちは、自分たちを、お好みの姿に、自在に変えることができたので、わたしが町に着く前に、彼らはみんなで一つの大きな火に姿を変え、家や家財一切を焼いていた。わたしは、家が燃えている間は、もの凄く濃い、もうもうたる火の煙のために、町に入ることはできなかったが、しばらくたつと火と煙が消えた。わたしは、てっきり妻は彼らと一緒に焼け死んで、灰になってしまったものとばかり思っていた。ところがある地点に立って廃墟と化した町をじっと眺めていると、町の中央部から赤い木が二本、姿を現わしてきた。一本目の方は、二本目の木より短く、ほっそりとしていて、大きい方の前に生えていた。そして後ろの大きい方の木には、葉と枝が沢山出ていた。こうして赤い木が二本、町の中央から出てきたのを見た時わたしは、その木の方に近よっていったが、そこへ行きつく前に赤い木は、二本とも、町の西の方角に移動し、木の葉は、移動しながら、人間のようにリズムにあわせて、みんなで歌を歌い、五分もたたないうちに、いずことも なく姿が見えなくなってしまった。そしてその間、その赤い木二本に姿を変えたのは、果して「赤い住民」全部であったのかどうか、わたしには知る由もなかった。おまけに、わたしの妻までも「赤い住民」と一緒に、姿を消してしまったので、わたしは、夜を日についで妻を探しまわりはじめた。ところがある日、二本の赤い木に姿を変えた「赤い住民」たちが「赤い町」を離れる前に、確かに彼らの中にわたしの妻の姿を見かけた、という情報をつかんだ。そこでわたしは、彼らが定住したと聞いた場所に向けて出発した。ところで彼らが定住したという新しい町は、彼らが壊滅状態にして出て行った「赤い町」からは、八十マイルばかり離れていた。まる二日かかってやっと、わたしは、その町に着いたのだが、その時には彼らはすでに、わたしが後を追ってくるという知らせを聞いて、その町にはいなかった。ただ彼らが、わたしを目の敵《かたき》のようにしてどうしてそんなに、わたしから逃げまわるのか、わたしには全然わからなかったのだが、どうやら、わたしが二つの赤い生物を殺したのだから、きっと彼らまで殺してしまうだろうという風に、単純に信じこんでいたからのようだった。そんなわけで、彼らはまたまた、その町を出て、新しい適当な定住地を探していたのだが、しかし彼らがまだ、そういった新しい土地を探しあてることができないでいるうちに、わたしは、彼らに追いついた。そのときわたしは、当然、人間の形をした彼らに会うものと予測していたのだが、案に相違して、彼らは、二本の赤い木になっていたのだった。

わたしは、道ゆきの途中で、彼らに会った時、妻は、わたしの姿を見かけて、しきりにわたしの名をよんだのだが、わたしには、妻の影も形も見あたらなかった。そこでわたしは、二本の赤い木のあとを追い、彼らが遂に、一週間定住できる適当な場所を見つけることができるまで、どこまでもそのあとを追いつづけた。やがて適当な場所が見つかったので、彼らはそこで足をとめたが、その時は、わたしとの距離は、ずいぶん離れていた。やっとのことで彼らに追いついて、よくよく見ると、その町は、彼らが灰燼《かいじん》にして出てきた町とそっくりで、家や住民や家畜などで至る所あふれるばかりだった。新しい町に入るとわたしは早速何をさしおいてもまず、この新しい町の「赤い王様」(前と同じ王様)の所へ行き、妻をかえしてほしいと願い出た。すると王様は、即座に妻を呼んでくれ、久しぶりに妻と邂逅したのだが、彼女は、前に言った言葉――「このことによって、短い期間、一時的には女を失うことにはなりましょうが、男を恋人から引き離す期間は、もっと短いものになりましょう」をくり返しながら、「この言葉の真意は、今あなたの体験された通りです」と、言った。その時わたしは本当に心から妻を信じたのだった。ところで「赤い住民」たちが、新しい町に定住するようになった時には、彼らの体は、すでに赤い色ではなくなっていた。彼らを赤い色に変えた赤い生物を、わたしが退治してしまったからだった。

妻は、かねて、わたしたちが会った例の女について、「この女は、人間ではないし、精霊でもないし、一体何者だろう?」と、言ったことがあった。そこで、その正体を、ここで解き明かしておこう。実は、その女は、大きい方の「赤い木」の前にいた「赤い小さい方の木」でした。そして大きい方の「赤い木」は、「赤い町」と「赤い森林」の「赤い住民」の「赤い王様」であり、大きい方の「赤い木」の「赤い葉」は、「赤い森林」の中の「赤い町」の「赤い住民」たちだったのです。

さて、妻とわたしは、これらの住民とすっかり仲よしになり、その新しい町で彼らと一緒に暮していた。その後数日たって、例の、わたしたちを前の町(「赤い町」)に案内した婦人が、わたしたちに、大きな家を提供してくれたので、わたしたちは、その家で、快適な生活を送っていた。「この女は人間ではないし、精霊でもないし、一体何者だろう?」彼女(わたしたちを「赤い町」に案内した婦人)は、「ダンス」という名前をもっていたのですが、きっと読者諸君は、木の三人の仲間の名前、すなわち「ドラム・ソング・ダンス」という名前をあげれば、ハタと思い当るふしがおありでしょう。さて、わたしが大いに尽力したおかげで彼らも助かり、そして今では、彼らも快適な場所に住みつき、また赤い色もきれいさっぱり洗いおとしたのを見た時、この婦人（ダンス）は、特別の祝賀の祭典の日に、仲間の「ドラム」と「ソング」を、新しい町に招待した。しかしせっかくの好意ではあるが、果してわたしたちに、この三人の仲間と一体になって祝い楽しむことができるだろうか。そんな心配がわたしどもの心をふっとよぎった。というのは、「ドラム」がドラムを打つぐらいに、ドラムを打てる者は、この世に一人もいなかったし、「ソング」がソングを歌うぐらいにソングを歌える者はいなかったし、また、「ダンス」がダンスをおどるぐらいにダンスをおどれる者は、一人としていなかったからだ。果してわれわれの中に彼らとわざを競って恥じない者がいるだろうか。絶対に一人も。いよいよこの特別の祭典に定められた日がやってきた時、この三人組の仲間がやってきて、「ドラム」がドラムを打ちはじめると、百年来死んでいた人々がみな一斉にムックリと起き上って、「ドラム」が打っているのを見んものと、方々から集ってきた。また「ソング」が歌いはじめると、新しい町の家畜や森林の動物やヘビまでがみんな、人間に姿を借りた「ソング」を一目見んものと集ってきた。そして「ダンス」（その婦人）がダンスをはじめると、森林の生物、精霊、山の生物こぞって、それに川の生物までもが、ダンスをしている人を見ようとして、町に押しかけてきた。そしてこの三人の仲間が同時にスタートした時には、新しい町の住民全部、墓から起き出してきた人々みんな、それに動物、ヘビ、精霊、そのほか名もなき生物たちが一斉に、この三人組と一緒におどり出し、わたしは、生れてはじめて、その日に、ヘビが、人間とかほかの生物より上手におどるのを見たのだった。そして一旦その町の住民全部と森林の生物が一緒におどりだした時、まるまる二日間ぶっつづけにおどり、誰もおどりをやめさせることはできなかった。しかし「ドラム」は、やがて、自分がこの世の者でないことをさとって、ドラムを打ちながら天国へ帰って行き、その日からは、二度とこの世に姿を見せなくなった。すると今度は、「ソング」が歌いながら、意外にも、大きな川に入って行き、それが、彼の姿のこの世での見納めということになってしまったのだった。そして最後に「ダンス」は、おどっているうちに山になり、その日以来ブッツリと消息を断ってしまった。そこで墓から起き出してきた死者たちはみな、また墓へ戻り、その日から二度と起き上ることができなくなってしまい、のこりの生物たちもみな、森林などに戻って行き、その日以来、彼らは町へ出て、人間とか、その他の類と一緒におどることができなくなったのだった。

この三人の仲間(「ドラム」、「ソング」、「ダンス」)が姿を消した時、新しい町の住民も、それぞれ自分たちの家に帰って行った。そしてその日からは、人間に姿を借りたこの三人の仲間の姿を見かけることは、ついぞできなくなり、ただ名前を、この世の巷のあちらこちらで耳にするだけになり、今では、ありし昔のことは誰にもできぬ見果てぬ夢物語になってしまったのだ。さてこの新しい町で、妻と一緒に一年間暮した頃、わたしはすっかり金持ちになっていた。そこで森林を伐採するため、労務者を大勢やとい、この農業労務者を使って三平方マイルの森林を切り開き、「幽霊島」でわたしが農作物を植えた土地の地主であった動物にもらった、種と穀粒を蒔いたところ、みるみるうちに芽を出し、その日のうちに成熟して実を結び、わたしはたちまちにして、その町一番の大金持ちになったのです。

### 「幻の人質」

ある夜、十時頃、ある男が、わたしの家を訪ねてきた。そして彼は、自分は「貧乏」という言葉を始終耳にしているが、貧乏とはどういうものなのか知らないから、一つそれをぜひ知りたい、と言った。そしてさらに言葉をついで、「幾らかお金を貸してほしい。そしてその担保として、わたしは永久小作人となって、あなたのために働きたいのです」と言った。

彼の頼みをきいて、わたしは、彼に、一体幾ら借りたいのだと訊くと、二千カウリ（タカラ貝）借りたいと、答えた。二千カウリというのは、イギリスの金に換算すると六ペニーに相当した。そこでわたしは、彼に金を貸したものかどうか、妻に相談すると、妻は、この男は「すばらしくよく働く労務者ではあるが、将来きっとすばらしい泥棒にもなりましょう」と言った。もちろんわたしには、妻の言った言葉の真意はわからなかった。しかしともかくその男に、要求通りの六ペニーを貸してやることにした。彼が行こうとした時、わたしが名前を訊くと、彼は、「ギブ・アンド・テイク」という名だと答えた。それからついでに住所を訊くと、人間の行けない森林の奥に住んでいると答えた。それを聞いて、わたしはもう一度「それでは他の労務者たちが農園へ働きに出かけるとき、あなたを呼びに行くには、どうすればよいのだ」と、訊きかえすと、彼は、「ほかの労務者たちが朝早く、農園に出かけるときは、農園へ行く途中の道路の交差点で、わたしの名を呼んで頂ければよいのです」と、答えて、立ち去って行ってしまった。

そして、わたしが雇った労務者たちが、朝早く農園に出かけ、道路の交差点にやってきて、彼に言われた通りに、(大きな声で)彼の名前を呼んでみたところ、彼は歌を歌うような調子で返事をした。そして「今日は農園へ行ってどんな仕事をするのだ」と訊いた。そこで彼らは、「今日は地面を耕すだけだ」と、言うと、彼は、「それでは君たちだけで先に行って、君たちの土地を耕し給え。わたしは夜出かけて、自分の分担の土地を耕すことにする。小さな子供は、わたしの姿を見てはいけないし、大人だってわたしを見ることは、禁じられているからだ」と答えた。そこでのこりの労務者たちは、農園へ行き、自分たちの分担を耕した。ところが翌朝早く、いつものように彼らが農園へ行ってみると、一平方マイルから五十平方マイルに及ぶ、そのあたり一帯の農園と森林が、すべて、この「幻の人質」によって、きれいに伐採され、おまけに近所の人たちの農園まですっかりきれいに伐採してあった。そこで労務者たちが、いつものように朝早く農園へ出かけようとしていた時、わたしは、「今日の仕事は農園からわたしの家まで、たき木を切って運んでくることだ」ということを、「幻の人質」に申し伝えるよう、彼らに頼んでおいた。交差点に着いた時、労務者たちは、彼を呼んで、農園から家までたき木を運ぶのが今日の仕事だと伝えた。すると彼は、彼らに「先に行って君たちの分を切り給え。わたしは、夜になって、切り取り、家までわたしの分を運んでおくから」と言った。そして、交差点で彼に話しかけている時にも、労務者たちの目には、彼の姿は全然見えなかった。ところで、この男(「幻の人質」)は、夜のうちに、やしの木やその他の木と一緒に、たき木や丸太をどっさりと町へ運んできたため、朝早くみなが目を覚ました時には、驚いたことに、わたしたちは家から外へ出ることができなかった。いつの間に運びこんだのか、わたしたちにはもちろん、誰にもわからなかったのだが、とにかく、いつの間にやら町中が材木ですっかり埋まってしまい、町の住民は、身動きもならない状態になってしまっていたのだ。そこで町中の人が総出で、オノなどを持ち出して、材木の取り片づけにかかったが、町からきれいに取りのけるのに一週間かかった。そこでわたしは、彼(「幻の人質」つまり「ギブ・アンド・テイク」)にじきじきに会って、この目で彼の仕事ぶりを確かめてみたいと思い、「今日の仕事は、家にいる子供たちの散髪だ」ということを彼に伝えるよう、ほかの農業労務者たちに申し渡しておいた。すると彼は、仲間に、「君たちは君たちだけで行って、君たちの分を刈り給え。わたしは夜出かけて、自分の分の散髪をしておくから」と言ったので、ほかの労務者たちは帰って行った。さて夜になって、わたしは、ほかの労務者たちに、彼をよく見張って、子供たちの頭をどうやって刈るのか、よく見届けておくように命じたのだが、驚いたことに、まだ夜の八時にもならないのに、町中の人はみなぐっすり眠りこんでしまい、家畜ですら目をさまそうとはしなかったのだった。「幻の人質」は、その間にゆうゆうとやってきて、大人、女を問わず、家畜に至るまで、その町中全部の人の頭を刈って行き、おまけに頭を剃る前に、みなを家の外へ連れ出し、白ペンキで頭を塗り、それから自分の森林へと帰って行ったのだが、その間、彼がこのいたずらをやり終えるまで、誰一人目をさます者がいなかったのだ。夜が明けた時、町の人々は、お互いに家の外で顔を合わせることと相成ったのだが、そればかりか、頭をさわると、髪の毛がきれいに剃り落とされ、おまけに白ペンキが塗られていたのだった。ところで、この新しい町の住民たちが目をさまし、家畜の頭の毛まですっかりきれいに刈りとられているのを見た時、彼らは飛び上って驚き、またまた恐ろしい生物の掌中におちいったのではないのだろうかと、不安で不安でたまらなかったようだった。わたしは、驚愕する彼らを抑え鎮めながら、事の次第を説明すると、彼らは、それならばわたしに、この町を出て行ってくれと言うので、わたしは、ここで一つ何か彼らを喜ばすことをやってのけて、この町から追い払われないですむ算段を考えなくてはならないと思った。そこで、ある日、労務者たちが農園へ出かけようとしていた時彼らに、わたしは「今日の仕事は、森林の動物を殺してわたしの家へ運ぶことだ」ということを「幻の人質」に伝えるよう言いつけた。その伝言を聞いて彼は、いつものように彼らに返事をした。そして夜が明けると、町は、森林の動物で埋まり、町の住民はみな大喜びで、わたしに、町を出て行ってくれなどとは、二度と口にしなくなった。

そのようなことがあったある日、わたしはじっくり腰をおろし、この男は、食べものなどを全然要求しないで、よくもこんなはげしい労働ができるものだと、考えこみはじめた。そこで麦が熟した時、彼に農園へ行ったら、ヤムや麦などをいくらかもってくるように伝えてほしいと、わたしは、労務者たちにいいつけた。そこで彼らはいつもの交差点にやってきた時、彼にその通りを伝えた。

この「幻の人質」、つまり「ギブ・アンド・テイク」という男は、実は「森林の生物」全体を統轄する長であり、「森林の生物」界に君臨する最大の実力者で、これら「森林の生物」はすべて、彼の支配下にあって、毎晩彼のために働いているのだということは、わたしには知る由もなかった。そこで、彼は部下と一緒にわたしの農園でその夜の仕事を終えたあと、全員総がかりで、わたしの農園から、ヤムと麦などを一つ残らず、それに隣の人の農園からも、ヤムと麦などをすっかり、持ち去って行ってしまった。彼は、彼のために働く部下を沢山抱え、その連中が、ヤムや麦を、いくらかずつでも手分けして持っていくとなると、したがって彼ら全員でかかれば、一夜のうちに収穫物を根こそぎもって行ってしまうことになるのだなどとは、わたしは夢にも思ってもみなかったのだった。

その時わたしは、妻が前に言った、「この男は、すばらしくよく働く労務者ですが、将来はすばらしい泥棒になるでしょう」という予言を思い出した。そこで、労務者たちが彼に、農園からヤムと麦をいくらかもってくるように伝言した日の翌朝、みんなで彼の農園へ出かけて行ったのだが、残念ながら農園には、そこに植えた筈の作物は、跡形もなく消えていた。この森林の生物たちが、農園を一つ残らず、フットボール場のように、地ならしして、平坦にしてしまっていたからです。

町の農民たちやわたしの近所の人々は、この「ギブ・アンド・テイク」のしわざをみて、みなカンカンになって怒り、わたしにくってかかってきた。彼らにしてみれば、その年の間は、ほかの作物を代りに植えるわけにもいかず、そのため自分たちや子供たちに食べさせるものは何もなく、おまけにわたしの作物までもすべて跡形もなく持ち去られてしまっている状態では、それで埋め合わせをすることもできなかったからだったが、近所の人々の立腹をみて、わたしには、返す言葉もなかった。そこで町の人々は、「幻の人質」すなわち「ギブ・アンド・テイク」が部下と一緒にやった仕打ちを見た時、彼らは結束して、軍隊を組織し、わたしに刃向おうとした。わたしを町から追放し、同時にわたしを通じて、「ギブ・アンド・テイク」が彼らに与えた大きな損害に復讐しようというわけなのだ。やがて、彼らが集結し、大軍隊をつくり上げたのを見て、わたしは「最後は、この町で一体わたしたちは、どうなるのだろう」と、妻に相談をもちかけた。すると妻は、「結局土着民たちの生命はなくなるでしょうが、土着民でない二人の生命は救われるでしょう」と言った。すでにその時、町の土着民たちは、わたしたちを狩り出そうと、町中くまなく捜索していたので、妻とわたしは、その町の中で、じっと潜伏していた。彼らにしてみれば、町なかでは、妻子がいるので、発砲したくとも、むやみに発砲するわけにはいかず、そしてそこがつけめで、わたしたち(妻とわたし)は、町を離れなかったのだ。そのうちに、どうしたら、この連中から安全に逃れられるだろうかと心配になり、妻に相談をもちかけたところ、妻は、「幻の人質」(「ギブ・アンド・テイク」)の助けをかりなさい。きっと助けてくれるでしょうと、彼のことをわたしに思い出させてくれた。妻の助言をうけて、わたしは早速、例の労務者の一人を呼び出し、「幻の人質」の所へ行って、「新しい町の住民たちは、今後二日間のうちに、わたしに敵対する強力な軍隊を組織するだろうから、その日の朝早く、わたしを助けにきてほしい」ということを、彼に伝えるよう言いつけた。

**「戦地における幻の人質」**

ところで「幻の人質」は、日中は何もできなかったので、真夜中の二時頃になって、彼の部下と援軍をつれて、この町にやってきた。そして全軍入り乱れての戦闘がはじまり、結局彼らは、妻とわたし二人だけは別として、町の人々をみな殺しにしてしまった。妻が前に言った通りに、土着民たちの生命は、すべて死に絶え、土着民でない人間の生命が救われたわけだ。そしてそのあと「幻の人質」とその部下たちは、夜の明けきらぬうちに、彼らの森林へと帰って行った。

わたしたちは、わたしたち（妻とわたし）だけでその町で暮してゆくわけにもいかず、荷物をまとめて、銃と短剣をもって、町の土着民たちが全部死に絶えてしまうのを見届けてからすぐに、その町を出立した。

「赤い住民」と「赤い王様」の住む「赤い町」ですごしたわたしたちの生活と、わたしたちが新しい町で目撃した彼らの末路は、大体このような具合でした。

さて、わたしたちは、いよいよ、わたしの町でずっと以前に死んだやし酒造りが居るという、未知の「死者の町」への最終ラウンドの旅へと、旅立って行った。そして相変らず、森林また森林の旅をつづけていたのだが、それでもその頃は、旅をしている森林も、今までほどは深くなく、また恐ろしくなくなっていた。そしてこの森林を通り抜けながら、妻はわたしに、わたしたちが「赤い町」まで跡をついて行った「赤い婦人」にはじめて出会った場所に着くまでは、二日二晩というものは絶対に休まずに歩きつづけなくてはならないし、またそこに着くまでに、五十五マイルばかりの道程《みちのり》を消化しておかなくてはならないと言った。そこでわたしたちは、妻の言葉通りに、まる二日、夜を日についで歩きつづけ、例の「赤い婦人」との初対面の場所に着いてはじめて、二日間の休息をとった。休息をとってからわたしたちは、一路未知の町へと旅に出たのだが、九十マイル歩いた時、荷物の一ぱいつまった袋を前に置いて、坐っている一人の男に出会った。「死者の町」はどこですかと訊くと、彼は、「「死者の町」ならよく知っている。わたしも実はその町へ行くところなのだ」と言った。それを聞いてわたしたちは、ぜひ彼について、その町へ行きたいのだがと言うと、彼は、それではこの前に置いてある荷物を運んでいってもらいたいのだと、条件を出してきた。もちろんわたしたちは、その袋の中に何が入っているのか知らなかった。しかし袋は今にもはち切れそうに一ぱいつまっており、その上彼は、話題になっている「死者の町」に着くまでは、この荷物を、絶対に頭からおろしてはいけないのだと言い添えた。おまけに彼は、その荷物の重さがわたしたちに運べる限度を超えているかいないか、ためしてみることも許さなかった。そこで妻は、袋の中の豚を一頭買うには、どうすればよいのかと訊いて、彼にさぐりを入れたのだが、その男は「荷物の中味をかぎ出そうなどという太い了見を抱いてはならぬ。荷物を頭にのせたら、たとえそれがおまえたちの運搬能力を超えていようといまいと、ともかくその町までは運んで行かなくてはならないのだ」と答えた。そこでわたしたちは、その男と荷物の前に立ったのだが、その時わたしは、もし荷物を頭にのせてみて、とても運べそうにもないようだったら、すぐに下へおろそう、その時、もしその男が、無理やりにそれをおろさせないようなら、ここに銃と短剣もあることだし、即座に彼を射殺してしまおうなどと、考えめぐらしながら腹を決めたのだった。

そこでわたしは、わたしの頭に荷物をのせるよう、その男に言った。すると彼は、二本の手でこの荷物に触ってはならないのだと言い出したので、わたしは、一体これはどういう種類の荷物なのかと訊くと、彼は、その荷物の中味を、人間が二人と知ってはならないのだと答えた。そこでわたしは、銃に望みを託し、短剣を神と信じ、意を決して、妻に、わたしの頭に荷物をのせるよう言うと、妻は手伝ってくれた。荷物を頭にのせた時どうも中味が、人間の死体らしい感じで、とても重かったのだが、わたしには楽々と運べる程度だった。そこで、その男を前にして、わたしたちは、そのうしろからついて行った。

三十六マイルばかり歩いてのち、わたしたちはある町に入ったのだが、その男は「死者の町」へ行くところだなどと体裁のいいことをいって、実は、真赤なうそをついていたのだなどとは、わたしたちは全然気がつかなかったし、またその荷物が、まさか実はわたしたちが足をふみ入れたばかりの町の王子の死体であるなどとは、夢にも思ってもみなかったのだった。その男は、誤って農園で王子を殺してしまい、実は身代りの王子殺害者を物色していた最中だったのだ。

## わたしたちと、王子殺害者で汚された町の賢い王様

王様は、もし自分の息子を殺した男が判明すれば、その男を立ちどころに血祭りにあげることは、火をみるより明らかだったので、この男(王子殺害者)は、自分が王子殺害者であることを知られたくなかったのだ。そこで、わたしたちに、町角で待っているように言い、自分は王様のところへ行って、彼は、わたしたちが彼と一緒にその町(「死者の町」ではない)に着いた時、「王子は森林で何者かに殺されていました。わたしが、その下手人を町へ連れて参りました」と報告した。王様は早速、王子を殺したその男と一緒に、三十人ばかりのお供をつかわし、わたしたちを荷物と一緒に護送してくるよう、お供の者に命じた。やがてわたしたちが宮殿に着いて、袋のひもをほどいた時、中から王様の息子(王子)の死体が現われ、それが自分の息子の死体であることがわかると王様は、わたしたちを暗い部屋に閉じこめておくよう、お供の者に命じた。

朝早く、王様は、お供の者に、わたしたちの体を洗って、極上の美しい着物を着せ、馬に乗せるように命じた。そしてお供の者は、七日間、わたしたちをつれて町中をまわ

らなくてはならなかった。これは、せめてこの七日間に、この世の最後の人生を楽しませてやろうという王様の温かい親心からで、そのあとで王様は、わたしたちが息子を殺したお返しに、わたしたちを殺すことになっていたのだ。

しかし、お供の者と、それに森林で王子を殺した実の下手人には、王様の意図が全然わからなかった。朝早くお供の者は、わたしたちの体を洗い、わたしたちに豪華な衣裳を着せ、馬もきれいに着飾った。それからわたしたちは馬にまたがり、彼らを従えて町をねり歩いた。彼らは、六日間ぶっ通しで太鼓をたたいたり、おどったり、弔いの歌を歌ったりしてすごし、いよいよ、わたしたちの殺される七日目の、そしてお供の者がわたしたちに町を見物させる、きまりの最後の日の朝早く、わたしたち一行は町の中央に着いた。するとそこに、王子を殺し、その死体を町に運ぶようわたしたちに言いつけた、実の下手人がいた。彼はわたしたちを馬の背から突きおとし、自分が馬に乗り、お供の者に、「われこそは森林で王様の息子を殺した実の男だ」と、名乗りをあげ、「王様は息子の敵《かたき》だといって自分を殺すだろうと思い、王様をいつわって、この者どもを森林で王子を殺した下手人に仕立てたのだ」と、真相を明らかにした。この男は、てっきり王様が、誰かが王子を殺してくれたことを満足に思し召していたこと、それが何よりの証拠には、王様は、わたしたちにとびっきり上等の衣裳を着せ、馬に乗せて町をねり歩くよう、お供の者に命じ給うたのだ、というふうに思いこんでいたのだった。そこで彼はさらにお供の者に向って、「わたしを王様のところに連れて行き、王様の御前で今いった通り言上《ごんじょう》せい」と言った。

王様の前に通された彼は、「実は森林で王子さまを殺したのは、このわたし奴《め》でございます」と、前と同じ言葉をくりかえした。それをきくと王様は、直ちにお供の者に、わたしたちにしたのと全く同じように、立派な衣裳をその男に着せ、馬にまたがって町をねり歩くように命じた。そして彼は、馬上で、うれしさのあまりに、飛びはねたり、笑いはしゃいでいた。ところが夕方の五時になると彼は、仕置専用の森林につれていかれ、そこで殺され、死体は、その仕置場専用森林の神々に献納された。

わたしたちは、十五日間その町ですごした後、王様に、「死者の町」への旅をつづけたい旨を、申し述べた。すると王様は、わたしたちに土産の品々を賜わり、また「死者の町」へ行く最短の近道を教えてくれた。このようにして、「中味がギッシリ詰まった袋が原因で、七日間おどり明かすことになるでしょう。しかし、その町には「賢い王様」がおいでになる」という、妻の予言は、まさにその通りになったのだった。

それに、わたしが森林から「汚された町」まで運んだ袋の話は、こういう結末で終わったのでした。

わたしたちは、そのあと、いつものように、「死者の町」への旅をつづけ、ちょうど十日間すぎた時、四十マイルばかり先に、待望の「死者の町」を望見した。おまけにその間に行手を阻むものは、何一つなかったし、わたしたちは、遠方からその町を望見しながら、その日のうちに十分着けるものとばかり思っていたのだが、そううまくは問屋がおろしてくれよう筈もなく、実際に到着するのに、なお六日もかかった。というのは、「死者の町」を指呼の間に望んだと思いきや、実はまだまだ遠く隔たっていてなかなか近よれず、まるで町の方が、わたしたちから逃げていくといった感を深くしたほどだったのです。その時わたしたちは、その町へは、死者でなければ入れないのだということは、まだ知らなかったのだが、しかしその秘密をかぎつけた妻は、ともかくここで夜まで停止して休息をとろうと、言い出した。そして夜になると妻は、わたしに起きて再び旅をつづけようと言った。だが、出発した直後にわたしたちは、あと一時間もたたないうちに、目指す「死者の町」に到着するのだということがわかった。しかしながら、わたしたちにとっては、その町は未知の町だったので、夜が明けるまでは、その町に入れなかったことは、いうまでもないことだった。

## 「死者の町」におけるわたしとやし酒造り

朝八時になった時、わたしたちは、「死者の町」に入った。そしてわたしは、彼が死んでから、わたしの町を出発してそれ以来ずっとはるばる探し求めてきたやし酒造りのことを、きいてまわった。すると死者たちは、そのやし酒造りの名前は何というのかと訊くので、死ぬ前には「ベイチイ」と呼ばれていましたと答えはしたものの、彼が死んだいまでは「死者の町」で何と呼ばれているのか、わたしには皆目見当がつかなかったのだった。

わたしが、死者たちに、彼の名を告げ、そして彼がわたしの町で死んだのだと話した時、彼らはひとことも言わないで、ただじっとわたしたちを見つめているだけだった。五分間ばかり、彼らはそのようにじっとわたしたちを見つめてから、その一人がわたしたちに、どこから来たのかと訊いたので、わたしは、わたしの町から来たと答えると、その町はどこにあるのかと訊くので、この町からずっとずっと遠く離れた彼方ですと言うと、彼は、その町の住民は生きているのか、死んでいるのかと訊きかえすので、その町には、死んだ者は一人もいませんと答えた。するとそれをきいて彼は、生きている者が、この「死者の町」に来ることは厳禁されている。だから、生者だけが住むわたしの町へ帰りなさいと、言うのでした。

その死んだ男に、自分の町に戻るように言われたので、わたしは、ぜひやし酒造りだけには会わせてほしいと、彼に頼みこんだ。そこで彼は、会うことを許してくれ、わたしたちが立っていた場所からそれほど遠くない家まで、わたしたちを案内してから、家の中へ入って、やし酒造りを探してごらんなさいと教えてくれた。そこでわたしたちは彼(死んだ男)の方に背中を向けて、案内してくれた家に入ろうとしたが、そこに立っていた連中は、わたしたちが前向きに、つまり、顔のついている方向に歩いているのを見たとたんに、みな怒り出した。わたしたちにとっては、はじめて知ったことだが、この「死者の町」では、彼らは、絶対に前向きには歩かないのだった。

わたしたちに質問をしていた例の死んだ男は、わたしたちが歩いて行くのを見て、早速かけよってきて、「死者の町」では、生者が死者に会いに来るのは法度《はっと》になっている。だから自分の町へ戻りなさいと言っておいた筈です、と言い、ここでは後ろ向きに、つまり背中のついている方向に歩くことになっているのです、と注意してくれたので、わたしたちは言われる通りにして歩いた。ところが、わたしたちが、彼らが歩いている通りに、後ろ向きになって歩いていると、突然、わたしは、けつまずき、一瞬、その近くにあった深い穴に落ちこまないようにとそちらに気が向いてしまって、ついうっかり、教わった家の方に顔を向けてしまったのだった。それをみて例の死んだ男は、またまたわたしの所へやって来て、もうこれ以上、その家へ行かせるわけにはいかない。この町では前向きになって歩かないのだということは、耳にタコができるほど教えた筈だと言って、きびしくわたしを責めたてた。そこでわたしは、やし酒造りに会いたい一心で、はるばる遠い町からここまでやって来たのだという事情を説明して、ふたたび、彼に懇願してみた。しかしわたしは、その穴の尖った石につまずいたので、体の一部をすりむき、血が出てきて、それも出血が多量だったので、わたしたちはそこで足をとめ、止血の応急処置をした。例の死んだ男は、わたしたちが足をとめたのを見て、近よってきて、なぜ停まったのか、と訊くので、わたしの指で出血している部分を指さした。ところがどうでしょう、彼は血を見たとたんに、もの凄く腹を立て、わたしたちを町から追い払おうとして、力ずくでわたしたちを引きずって行くのです。わたしたちは、引きずられながらも、もう一度懇願してみたが、言訳無用と、それはそれはもの凄い剣幕だった。死者はみな、血を見るのを嫌うのだとは、わたしたちは全然知らなかったことで、事実その時はじめてわたしは知ったのだった。彼は、わたしたちを町の外まで引きずってきて、そこで待っておれと言うので、わたしたちは、言われる通りにした。それから、彼は、やし酒造りのいる家に引きかえし、やし酒造りに、生者が二人君を待っていると話した。数分たって、やし酒造りはやってきたが、わたしたちを見た瞬間、彼は、てっきり、ここへ来るまでにわたしは死んでいたものとばかり思っていたのだった。だからわたしたちに死者の合図を送ってよこしたのだが、わたしたちは死んでいなかったので、どうしてもそれには答えられなかった。そしてわたしたちが、彼の合図に答えられないのをみて、彼は、わたしたちのところへきた瞬間から、わたしたちと一緒にその町で住むわけにはいかないことに気がつき、話をはじめる前に、わたしたちのために、小さな家を建ててくれた。そこでわたしたちは、家の中に荷物を置いたが、驚いたことに、このやし酒造りもまた後ろ向きに歩き、死ぬ前にわたしたちの町でしていたような歩き方はしなかった。彼は家を建ててしまってから、町に戻り、わたしたちのために食べものとやし酒十タルを持ってきてくれた。わたしたちは、そこに着く前から腹ぺこだったので、いい気になって、すっかり食べすぎてしまい、やし酒を飲むときなどは、十タルまるごと、タルから一度も口を離さずに、一気に飲みほしてしまうといった有様だった。そのようにしてわたしたちは、十分腹ごしらえをすませてから、つもる話をはじめた。

——彼が死んでからというものは、彼がわたしのために造ってくれたやし酒が全然口に入らず、それに彼ほどの腕をもったやし酒造りはそうざらには見当らず、そのためいっそのこと彼と一緒に死んでしまいたい、そして彼のあとを追って「死者の町」へ行こうと思いつめたのだが、結局死にきれなかったこと、そこである日、友だち二人を呼んで農園へ行き、自分でやし酒を造りはじめたのだが、彼が死ぬ前に造ってくれたやし酒のように美味しくは造れなかったこと、そのうちに、わたしの友だちはみんな、わたしの家へ来ても今までのようにやし酒を一滴も飲めないことがわかった時、一人去り、二人去りという具合に、櫛の歯のように、わたしの家から抜けてゆき、結局最後には一人も寄りつかなくなったこと、そして町なかで友だちの一人に会って、呼びかけても、ただ口先だけでお伺いしますと言うだけで、一度だって訪ねてきてくれたことがなかったことなど、その後の事情を縷々細かに話してきかせた。

父の家は、以前は来客でごったがえしていたが、今では、客は一人も来なくなった。

そこである日、どうすればいいのかと思案のあげく、わたしは、やし酒造りの居所を、とことんまで突きとめて、彼を探し出し、彼に父の家に帰ってもらって、従来通りわたしのためにやし酒を造ってくれるよう頼んでみようと、心ひそかに思いつめたのだった。わたしは翌朝早く、早速旅に出て、たどり着いた町や村々で、人々に、やし酒造りを見かけなかったか、彼の居所は知らないかと、たずねまわった。ある町では、わたしに、何か彼らのために役に立つことをしてくれたら、教えてやろうと言ってくれる人もいた。この場面でわたしは、やし酒造りに、わたしの妻を紹介し、妻をめとるに至った事情——ある町へ行くと、その町の長であった妻の父が、わたしを客として歓待してくれたこと、のちには「頭ガイ骨」だけになってしまったある紳士がわたしの妻をその時遠く隔たった森に連れて行ってしまっていたこと、それをきいてわたしが、その森に出かけて行って妻を父のもとに連れ戻したこと、そして妻の父はこのわたしのすばらしい手並を拝見するに及んで、わたしの妻にと、娘をわたしにくれ、その後一年半かそれ以上の間、その町で一緒に暮していたが、その後妻と連れ立って、やし酒造りを探しに旅に出たことなどを、話してきかせた。それから、ここへ到着する前になめた森林での幾多の艱難、この「死者の町」に通ずる道はなく、したがって、夜となく昼となく森林伝いの危険な旅をつづけてきたこと、時には、地面におりられないために、何日間も、木の枝伝いに旅をしなければならないことが何回となくあったこと、そして、ここへ来るまでに、わたしの町を出てから、十年もかかったことなどを、話した。そして最後に、今は、あなたに会えて本当にうれしいし、もし一緒にわたしの町までついて戻ってくれるなら、こんなうれしいことはないのだが、といって、わたしの話を結んだのだった。

つもる話を、一部始終、仔細に話してきかせた時、彼は、一言も言わないで、町へ帰って行き、しばらくたってわたしに、やし酒を二十タルばかりもってきてくれたので、わたしはそれを飲みはじめた。そして今度は、彼の方で、彼の話を切り出した。――わたしの町で死んでから彼は、死んだばかりの者はすぐに直接ここ(「死者の町」)に来れないので、まず死にたての者なら誰でも最初に行かなくてはならない、ある場所へ行った。そしてそこへ着いて二年間、完全な死者になるための訓練をうけ、その資格をとってからはじめてこの「死者の町」に来て、死者と一緒に住むようになったことを話してくれた。しかし彼は、ここで、わたしの町で死ぬ前に、我が身にどんなことがふりかかってきたために死んだのか、どうも自分には記憶がなくて、よくわからないのです、と言ったので、わたしは、彼がやし酒を採集していた日曜の夕方、やしの木から落ち、わたしたちは、落ちたやしの木の根っこに彼を埋めてやったのだと教えてやった。

するとと彼は、もしそれが事実なら、その日は自分はずいぶん酒を飲みすぎていたのですねと言った。

彼の話によると、その後、彼は農園で木から落ちて死んだその当日、わたしの家へ戻ってきて、わたしたち一人一人と顔を合わせたのだが、わたしたちの方では彼の影も形も見えず、また彼はわたしたち一人一人に話しかけたのだが、わたしたちの方で返事もしなかったそうで、結局彼は立ち去って行ったというのだ。彼はまた、「死者の町」には死んだ者なら、白人だって黒人だって住んでいるけれども、生きている者は一人として住んでいないのだと教えてくれた。こんなことになるのも、死者が死者の町でしていることはすべて、生者にとって正しいとはいえないし、また逆に、生者がしていることは、決して死者にとって、正しいこととはいえないからだった。

彼はまた、この町では死んだ人間とその家畜どもは、後ろ向きに歩いているのに気がつかなかったかと訊いたので、気がついたと答えた。すると彼は、死んだ人間は生者と一緒に住むわけにはいかないし、両者はそれぞれ別個の特性をもっているのだから、わたしの町まで一緒について行ってあげるわけにはいかないが、「死者の町」で欲しいものがあるなら、何でもお届けしようといってくれた。彼の言葉をききながら、わたしは、森林でおこった数々のことに思いめぐらしているうちに、わが身がそぞろ哀れになり、さすがその時には、万感交々《こもごも》胸にみちて、やし酒造りがくれたやし酒を飲むこともできなかった。わたし自身も彼らの仕草を見ていて、その仕草がわたしたちの仕草と全然対応しないのを知っていたので、死者は生者とともに天を戴くことはできないということをすでに十分承知していた。彼は、夕方の五時に一旦自分の家に戻り、わたしたちのためにまた食べものをもってきてくれ、三時間後に帰って行った。そして翌朝早くやって来た時には、やし酒を更に五十タルもってきてくれたので、わたしはその朝まず第一にやし酒を飲んだ。しかしながら彼がわたしの町へ戻って来てくれないことがわかり、おまけに妻からは、早々にここは出立した方がよいとせかせられていたので、彼が来た時、わたしは彼に翌朝ここを出立するつもりだと話した。すると彼は、わたしに「卵」をくれ、「この卵は、金のように大切にしまっておいて下さい。そしてあなたの町に着いたら、箱の中に大事に入れておいて下さい。この卵を使えば、この世で欲しいものは何でも手に入ります。そして使う時には、大きな水の入った鉢にこの卵を置いて、欲しいものの名前を言って下されば、よろしいのです」と、使い方を説明してくれた。やし酒造りからは卵をもらい「死者の町」に着いて三日目に、その町を出発したが、その時彼は、別の近道を教えてくれた。そしてその道は、今までのような森林ではなく、れっきとした道路でした。

さて、わたしたちはいよいよ「死者の町」を出立して、一路、長い間離れていた故郷の町へと帰還の途に就いたのだった。そしてこの道路を進みつづけながら、その途中でわたしたちは、黙々と「死者の町」へ急ぐ千を越える死者に出会った。もし、その道路を彼らの方に向ってわたしたちが進んでくるのを彼らが見かけた場合は、彼らはきまったように森林にそれて、わたしたちが通りすぎたあとで再び道路へ戻ってきたものでした。それに、彼らと出会いがしらに、彼らはまたいつも、わたしたちを毛嫌いし、生者を見ただけでもムカムカするといった態度を動作で示すような、ひどい音をたてたものでした。一方、彼らは、死者たち同士では、一切口を利かず、またしゃべる時でも、その言葉ははっきりと聞きとれる言葉にはならず、なにかブツブツつぶやいているようだった。そしていつも、悲歎にくれているような素振りで、目は荒々しく、褐色で、身には、シミ一つ付いていない、純白の着物をまとっていた。

## 幼ない死者——「死者の町」に至る道路を行進する「赤ん坊の死者」たち——に御用心

わたしたちはその道路で、真夜中の二時頃に、悲歎の歌を歌いながら、「死者の町」に向って、まるで兵隊のように、行進していく四百人ばかりの「赤ん坊の死者」に、出くわした。ところが手に手に棒をもっていたこの「赤ん坊の死者」たちは、わたしたちと出会っても、大人の死者たちがやったように、道路をそれて森林に入ろうとは全然しないのです。一向に道路からそれる気配が彼らに見えないので、わたしたちの方で、道傍に寄って立ちどまり、彼らを平穏に通してやろうとしたのだが、どうしてどうして静かに通るどころか、彼らは、手に手に持っていた棒でわたしたちに打ってかかってきた。そこでわたしたちはやむなく、夜中にそんな森林の中へ逃げこめば、どんな災難がふりかかってくるかもしれぬなどということは一切考えに入れないで、ただ赤ん坊たちからの難を避けるために、無我夢中で森林の中へ逃げこんだ。——実はこの「赤ん坊の死者」というのは、わたしたちにとって、一番恐ろしい生物だったのだ。しかしわたしたちが、その道路をそれて森林の奥深く逃げて行ったのに、彼らは、なおもわたしたちを追ってくるではありませんか。わたしたちはドンドン逃げながらとうとう、とても大きな袋を肩にかけた大男に出会い、その男はたちまちわたしたち(妻とわたし)を、ちょうど漁師が魚をアミに捕えるような具合に、その袋の中へ入れてしまった。大男がわたしたちを捕えて袋に入れた時「赤ん坊の死者」たちは、もとの道路に戻り、立ち去って行った。わたしたちは、投げこまれた袋の中で、ここではまだ何とも描写しかねる、別の種類の多くの生物に出会い、その生物たちもろともに、その男に森林の奥深く連れこまれたわけです。もちろんわたしたちは、袋から脱出しようと、全力をふりしぼって努力はしてみたのだが、その袋というのは、丈夫で太いロープを織ってできていて、おまけに収容能力四十五人、直径約百五十フィートという大きな袋だったので、その努力も所詮は骨折り損のくたびれもうけというところだった。彼は、その袋を肩にかけて歩いていたのだが、果して彼はその夜、わたしたちをどこへ連れて行こうとしているのか、あるいはまたその男は一体何者なのか、人間なのか、精霊なのか、わたしたちには皆目見当がつかなかったし、またかんじんの、わたしたちを殺すつもりなのかどうかも、一切わからなかったのです。

## ゾッとするような、袋の中の生物と触れあうときの恐ろしさ

袋の中で会った生物たちは、体のどの部分をとってみても、氷のように冷たく、毛深く、紙ヤスリのように尖《とが》っていたので、わたしたちは、肌が触れあうのがとても怖くてたまらなかった。そして鼻と口から吐き出す空気は、蒸気のように熱く、袋の中では誰一人口を利く者はいなかった。また一方、その男が袋を肩にかついでわたしたちを運びながら、森林の中をさすらって行く途中袋がたえず木や地面とぶつかるのだが、彼は一向に気にとめず、足もとめず、無言のまま、黙々と歩き続けた。やがて森林の奥深く入りこんだ時、彼は、彼と同類の生物に出会った。すると彼は足をとめ、二人で袋を今度はあちら今度はこちらという具合に、放り投げては、拾い上げ、しばらくの間そんなことを何回かくり返しているうちに、袋の投げ合いをやめ、彼は元通りに、黙々と歩き続け、夜が明けるまでには、例の道路からは三十マイルも奥に入っていた。

**目的地に着いて、お互いに挨拶もできず、ましてや相手を描写することはさらにむずかしく、いわんやお互いに正視するなどということは至難のわざ**

目的地に着いて、わたしたちはお互いに挨拶もできず、ましてや相手を描写することはなおさらできず、いわんや、お互いに正視するなどということは至難のわざであった。朝八時になって、目的地に着いた時、この巨大な生物は、足をとめ、袋をひっくりかえしたので、袋の中にいたわたしたちは、みんな、不意をつかれて地面に放り出された。そして、わたしたちが捕まる前から、その袋に入っていたのは、九人の恐ろしい生物であることがその時はじめてわかった。わたしたちは地面に放り出された時お互いに顔を合わせることになったのだが、この九人の恐ろしい生物は、まさに正視するに堪えないといった代物だった。そこでわたしたちは、その夜ぶっ通しで森林を連れてまわった例の巨大な生物の方に目を移したのだが、その男は、もの凄く大きく、背が高く、まるで巨人のようで、頭は直径十フィートぐらいの大きなツボのような形をしていて、額には、鉢ぐらいの大きさの大きな目が二つくっついていて、その目は、誰かを見ている時はいつもグルグル回転していた。彼の視力は、三マイルぐらい離れた所にあるピンでも見えるほどで、両脚はとても長くて太く、まるで家の柱のようで、彼の足の寸法にあう靴は、恐らくこの世界にはないだろう。袋の中にいた九人の恐ろしい生物について描写してみると、次のようになる。背の丈は三フィートと小柄で、皮膚は紙ヤスリのように尖っていて、掌には小さな短い角が生え、呼吸する時はいつも鼻と口から、熱い蒸気が吹き出るし、体は氷のように冷たく、言葉遣いは、教会の鐘のような響きをもち、そのためわたしたちには何をいっているのかさっぱり解らなかった。両手は分厚く、五インチ位もあるが、しかし非常に短く、指がついていて、足も、まるでブロックのような感じだった。形は、人間のようではないし、また、今までに出会った森林の生物のどれをとってみても、それらと全然似ていなかったし、頭は、スポンジのような髪の毛で、一面におおわれていた。歩く姿は、とてもスマートだったが、歩く時には、それが堅い地面であっても、柔らかい地面であっても、足は、まるで蓋をした深い穴の上を誰かが歩いたり叩いているような音をたてて、歩いたものだった。さて、わたしたちは、彼らと一緒に袋から地面に放り出され、この恐ろしい生物を見たとたんに、彼らのゾッとするような、恐ろしい姿を見て、思わず目を閉じてしまった。しばらくすると巨大な生物は、わたしたちを別の場所につれて行き、傾斜の急な丘を開き、わたしたちみんなにその中に入るように言い、それから彼も、わたしたちのあとをついて中に入ってから、穴を閉めてしまった。わたしたちを殺すつもりは彼には全然なく、ただ、わたしたちを奴隷として捕えておきたいだけなのだということは、もちろんその時わたしたちは知らなかった。穴に入った時、わたしたちは、また、ここでは描写しかねるもっともっと恐ろしいほかの生物に出会った。さて、彼は早朝になって、わたしたちを穴から外へ連れ出し、穴で会ったずっと恐ろしいほかの生物たちがしていた伐採の仕事をわたしたちにもさせるために、わたしたちを農園へつれて行った。そして、この九人の生物と一緒に農園で働いていたある日、その一人が、何を言っているのやらわたしにはわけのわからぬ彼らの言葉で、わたしをののしったので、それがはずみでけんかになり、わたしに殺意があるのを見てとった残りの連中が、次々にわたしに組みついてきた。わたしは、最初に立ち向ってきた生物をまず殺し、そのあと二番目に向ってきた生物もという具合に、次から次へと血祭りにあげ、いよいよ最後に、彼らのチャンピオン格の生物だけが残った。いよいよ戦闘開始ときた時彼は、紙ヤスリの体と、掌の小さなトゲで、わたしの体を引っ掻きはじめたので、わたしの体の随所から血が出てきた。そこでわたしは、ありったけの力をふりしぼって、彼を打ちのめそうとしたのだが、両手でガッチリと彼を押えこむことができず、その機を逸してしまったばかりか、むしろ逆に彼に叩きのめされるという結果になり、わたしは気を失ってしまった。しかし、わたしたちは、すでに、死を売り渡していたので、死ぬようなことは絶対にありえなかったことは、いうまでもない。そしてわたしは知らなかったけれども、妻はその間農園の近くの大きな木のうしろに隠れて、わたしたちの乱闘を見ていたのだった。

九人の恐ろしい生物のうち結局最後まで残ったチャンピオン格の生物は、わたしが気を失ったのを見定めて、植物のようなものの所へ行って、八枚の葉を切り取った。しかし、妻は、その時までずっと彼の行動を監視していたのです。彼はそれから彼の部下の所へ戻り、両掌で水が出るまでその葉を絞り、その汁を、部下の目に一人一人注いでやると、たちまちにして全員が目をさまし、例のわたしたちのボス(わたしたちをそこへ連れてきた巨大な生物)のところへ行って、農園で起ったことを逐一報告した。彼らが農園を出て行ったのを見届けたとたんに、妻は早速その植物の所へとんで行って、葉を一枚切り取り、チャンピオンが部下の者どもにした通りに、その葉の汁をしぼってわたしの目にさすと、たちまちにしてわたしは目をさました。ところで彼女はすでにその穴を出て、農園までついてくる前に荷物を全部、外へもち出していたので、わたしたちは穴へ戻る必要はなく早速そのままその農園から逃げ出し、例の九人の恐ろしい生物がボスの穴に着いた頃には、ずっと遠くまで脱出していたのだった。そしてこれが、わたしたちを袋の中に閉じこめた巨大な生物から難をのがれた始末記です。

わたしたちは、巨大な生物が二度とわたしたちを捕えることのできないように、夜を日についで、休むまもなく、できるだけ遠くへと逃げのびて行った。そして二日半たった時、「赤ん坊の死者」に追いかけられた例の「死者」の道路に、舞い戻ってきたのだが、恐ろしい「赤ん坊の死者」たちが依然として、道路に頑張っていたので、道路づたいに旅をつづけることはできなかった。

**「森林の旅は、確かに危険ではあるが、死者の道路の旅は、なおさら危険であった」**

そこでわたしたちは、二度と森林の中で道にふみ迷わないために、道路にぴったりくっつきながら、森林の中を旅行することにした。

二週間歩いた時、ジュジュを準備するのにうってつけの木の葉が見えてきたので、そこで足をとめ、危険な生物に出あった時はいつでも、またどこででも、わたしたちを救ってくれるジュジュを、四種類ばかり準備した。

ジュジュをわたしの身につけたので、わたしたちは今では森林でどのようなことがわが身に振りかかってこようとも、もう何も怖いものはなかった。そして夜となく昼となく、好きな時に、勝手気ままに旅行をつづけることができた。ところがある日、いつもわたしたちを見たとたん、まっしぐらにわたしたちの方に驀進《ばくしん》してきた。やがて彼が、五フィートほど離れた近くまでやってきた時、わたしたちは立ちどまり、彼を正視した。それというのも、わたしは、すでにジュジュをいくらか身につけていたし、またわたしたちは「誠実な母」の支配する白い木の中に入る前に、死を売り渡してしまっていることを思い出したし、そのため、彼が近づいてきても、全然意に介さなかったからだった。しかし彼はわたしたちの方に近よりながら、くりかえし、何か食べられるものをもっていないかと、執拗に訊いてきたのだが、正直いってわたしたちはその時、まだよく熟れていないバナナしかもっていなかった。そこでそのバナナを彼にやると、彼はまたたくまにそれを全部呑みこんでしまい、ほかの食べものはないかとせがみはじめ、また「腹ぺこだ！　腹ぺこだ！　腹ぺこだ」を連発しはじめた。そのうちそのわめき声に我慢できなくなったので、わたしたちは、荷物をほどきにかかった。恐らく彼にやる食べものが何かあるだろうと思ったのだが、中には豆一粒だけしかなかった。そしてそれを彼にやるといわないうちに、彼はそれを強奪して、何のためらいもなく、一息に呑みこんでしまい、早速また例の「腹ぺこだ！　腹ぺこだ」を連発した。この「飢えた生物」は、この世のどんな食べものを食べても満足するということはないし、したがってこの世の食べものを全部食べつくしてしまうことだってありうるし、全部たべてしまってもその時でさえ、まるで一年間何も食べなかったようなひもじさを感じるのだということは、わたしたちは全く知らなかった。しかし、それはそれとして、恐らく何か彼にやるものがあるだろうと思って、わたしたちはまた、荷物を探していると、「死者の町」でやし酒造りがくれた卵が、妻のふところから、ころがり落ちた。「飢えた生物」はそれをみつけると、早速卵を拾って一呑みにしようとしたのだが、妻は、機敏に、彼が拾いあげる前に卵を拾いあげてしまった。

妻に機先を制せられたのがくやしくてたまらず、彼は、妻と争いをはじめ、おまえも呑みこんでしまうぞと、おどしはじめた。そしてこの「飢えた生物」は、妻と争いながらも、「腹ぺこだ」という連発を止めなかった。そこで、ひょっとしたらこの男はわたしたちに危害を加えるかも知れないぞ、という考えがわたしの心に浮かんだので、使うなら今だというわけで、ジュジュの一つを使い、妻と荷物を、木の人形に変え、わたしのポケットの中へ入れた。すると急に妻の姿を見失ってしまった「飢えた生物」は、身元を確認したいから、木の人形を出せと言うので、見せてやった。彼は、けげんな表情で、この人形は、妻と荷物ではないのだろうなと訊きただしてきたので、わたしは、「そうじゃない。ただ似ているだけだ」と言ってやった。するとその人形をわたしに返したので、わたしはまたそれをポケットに入れて旅をつづけた。しかしながら彼の方は、相変らず「腹ぺこだ」を連発しながら、わたしのあとをついてきた。そして、そういう彼の言葉に貸す耳などわたしになかったことはいうまでもないことだった。あれやこれやと、一緒に一マイルほど歩いた時、彼はまた、もう一度身元を確認したいから、木の人形を出せと言うので、彼に見せてやると、十分間以上もいじりまわし、じろじろみてから「本当にあの女ではないのだろうな」と、念を押すので、「そうじゃない。ただ似ているだけだ」と、同じ答えをくりかえしてやった。すると彼は、人形をわたしに戻したので、わたしはいつものように歩きつづけ、彼は相変らず「腹ぺこだ」を連発しながら、わたしのあとをついてきた。それからさらに、二マイルばかりわたしと一緒に歩いた時、彼はまたまた人形をもう一度見たいと言うので、渡すと、人形を手にもったまま、今度は一時間以上もしげしげと見てから、「これはあの女にまちがいない」と言ったかと思うと、突然人形を呑みこんでしまった。そしてこの場合、木の人形を呑みこんでしまったということは、妻と銃、短剣、卵、それに荷物も全部呑みこんでしまったことになり、あとには、わたしとジュジュだけしか残っていなかった。

人形を呑みこんでしまうと、彼はたちまちにして、みるみるわたしから遠ざかって行った。相変らず「腹ぺこだ」を連発しながら。さて、とうとうわたしは妻を失ってしまったのだが、どうしたら、「飢えた生物」のお腹から、妻を取り戻せるだろうか。卵を安全に守るために、結局妻が、「飢えた生物」の腹の中に入る破目になってしまったのだ。わたしはその場に立ちつくして、みるみる遠くに小さくなって行く彼の姿を見つめていた。やがて、彼の姿がほとんど見えなくなってしまったその瞬間、ふとわたしの心に、わたしと一緒に森林をさまよいながら、「死者の町」までわたしについてきてくれた貞節な妻、そしていかなる苦難にも、決してたじろがなかった勇気ある妻のことが浮かんできた。そして妻は、このようにわたしから決して離れなかったのだから、わたしだって、断じて、「飢えた生物」が妻を連れ去るままに放っておいてはならないと、自分に言ってきかせた。そこでわたしは、ただちに跡を追い、彼に追いつくと、呑みこんだ木の人形を吐き出すように説得したが、もちろん彼は、はき出すことをきっぱり断わった。

## 「飢えた生物」の腹の中の夫婦

わたしは「妻をお前の勝手に任せるぐらいなら、お前もろとも、差しちがえて死んだ方がましだ」と、吐き捨てるように言って、彼と争いをおっぱじめたが、所詮彼は、人間の類ではなく、結局はわたしまでも呑みこんでしまい、相変らず「腹ぺこだ」を連発しながら、わたしたちをお腹に入れたまま立ち去って行った。さて腹の中に納まったわたしは、すぐさまジュジュに命じて、木の人形を、妻と銃、卵、短剣、荷物という具合に、元の姿に変えさせ、銃に装塡して、腹の中で銃をぶっ放したのだが、彼はそれでもなお数ヤードほども歩いてはじめて、やっとぶっ倒れた。そこでわたしは、一発目を装塡し、ぶっ放してから、短剣で腹を掻き切り、荷物などをもって、腹から外へ脱出した。このようなわけで、わたしたちは、無事「飢えた生物」から解放されたのだが、その時は未明の四時頃で、まだ暗かったため、「飢えた生物」についてここで詳細に描写することができないのが残念である。それはともかく、わたしたちは、安全に彼から逃れることができたことを、神に感謝した。

わたしたちは、いよいよ「飢えた生物」をあとにして、勇躍故郷の町への旅に出た。しかし「飢えた生物」は、わたしたちを森林の奥深く連れこんでいたため、死者の道路へはなかなか戻ることができず、そこで、あきらめて森林の真中を進むことにした。そのようにして旅をつづけること九日にして、わたしたちはある町に入り、「混血人」に出会った。さて、この「混血の町」に着く前から、妻の容態が悪化していたため、町に着くと早速、ある人間によく似た男の所へ行ったところ、彼は、快く、客人としてわたしたちを、家に迎え入れてくれたので、そこで妻の療養につとめることにした。さてこの「混血の町」には、土着民の法廷が一つあって、わたしはいつも出廷して、多くの裁判を傍聴していた。ところがある日、驚いたことに、友人に一ポンド貸したある男が法廷にもちこんだ裁判を裁くように、依頼をうけたのです。

事件のあらましは大体次のようだった――ここに二人の友人がいて、その一人は借金専門の男で、金を借りる以外に正業がなく、借金した金で命をつないでいた。ところがある日、その男は、友人から一ポンドの金を借り、一年後に、金を貸した友人が、貸した一ポンドを返済するよう、その男に要求した。ところが金を借りた方の男は、自分は金を借りるようになって以来、また生れてこのかた、一度だって借金を返したことはないのだから、この一ポンドも返済するわけにはいかぬと言い出した。一ポンド貸した友人は、借りた男の言い分をきいた時、ひとことも言わずに、その場は穏やかに家に引き下がった。ある日この金を貸した男は、どんな事件でも、どんな人間からでも、きっと借金を取立ててくるという、肝っ玉の太い、債務取立人がいるという情報をつかんだ。そこで早速その債務取立人の所へ行き、一ポンド金を貸した男が、一年になるのに金を返してくれないのだという話をした。その話をこの債務取立人にしてから、二人で揃って、借りた男の家へ行き、取立人にその家を見せてから、貸した男の方は、一人で自分の家に帰った。

債務取立人が、債務者(借り主)に、一年前から友人に借りていた一ポンドの金を返すように言ったところ、債務者は、自分は、生れてこのかた、びた一文たりとも債務を返したおぼえはないのだから、返すわけにはいかないと答えた。すると債務取立人の方は、自分はこの仕事をはじめて以来、債務を取立てることができなかった債務者は一人もいないのだ、とやり返し、さらに言葉をつけたして、債務を取立てるのが自分の職業で、自分はそれで生計を立てているのだ、とまくしたてた。これを聞いていた債務者の方も、負けじとばかりに「私の職業は、金を借りることだ。わたしは借金をたよりに生活しているのだ」と言い張り、結局最後には、二人の争いになった。しかしそのりんかは、猛烈をきわめ、その時たまたまその道を通りかかったある男は、二人を見て近寄ってきて、この種のけんかが大好きだったので、彼らの後ろに立ったまま見物し、仲に割って入る気は全然なかった。ところで、小一時間ほど猛烈に二人で争ったあげくの果てに、一ポンドを借りた債務者の方が、やにわにポケットからジャック・ナイフを取り出し、自分の腹部を突き刺し、どっと倒れて、その場で息を引きとってしまった。これを見て、今度は相手の方の債務取立人が、すっかり泡をくってしまい、自分が、仕事をはじめて以来、この世の中で債務を取立てられなかった債務者は一人もいないという誇り高き人間であることを思い出し、もしこの世で彼（債務者）から一ポンド取立てることができないのならば、天国まで行っても絶対に取立ててみせると言って、これまたポケットから、ジャック・ナイフを取り出し、自分を突き刺し、どっと倒れて、その場で息を引きとってしまった。

ところが今度は傍に立って見ていた男までが、そのけんかに非常な興味を覚えてしまい、是が非でもその結末を見届けたいものだと言って、天国で争いの終末に立ち会おうと天に向って飛びあがり、その同じ場所にぶっ倒れたかと思うとそのまま息を引きとった、というのが事件の大筋だった。さて以上のような証言が法廷で行われてから、債務取立人と債務者、争いを傍観していた男、それに金を貸した男、この四人のうちの誰が有罪なのか、わたしに判定してほしいと言うのだ。

そこでわたしはまず第一に、傍観者は当然両者の言い分をきいて仲裁に入るべきであったのだから、傍観者が有罪であると、法廷で発言しようと思ったのだが、債務者と取立人は、自分の仕事に生活を賭けていたのだということを思い出し、それならば一概に傍観者だけを有罪にするわけにもいかないし、また取立人にしても自分の仕事に忠実であろうとしたのだから、有罪にはできず、債務者にしても、生活を賭けて闘ったのだから有罪ではないし、という具合に、誰を有罪にすべきか、わたしはすっかり迷ってしまった。しかし、法廷の傍聴人は、誰が有罪なのか早く判定を下してほしいと、矢のような催促をしてきた。そこでわたしは、二時間にわたって熟慮を重ねたあげく、判定を一年間延期すると宣言し、法廷はその日は閉廷になった。

さて、判決を一年間延期するということにして、わたしは家に帰り、今まで通りに妻の療養に専念しはじめたのだが、判決の延期期間が余すところ四カ月になった時、わたしは法廷に呼び出されて、別の事件を裁判してくれと依頼をうけた。この事件というのは、大体次のようなあらすじだった――

ここに、三人の妻をもつ男がいた。さて、この三人の妻は三人とも、彼（夫）の行くところはどこまでもついていくというほど、彼（夫）を熱愛しており、夫の方も彼女らをこよなく愛していた。ある日、この男（夫）は、遠く離れたよその町へ出かけることになり、無論この三人の妻も後をついて行った。ところが森林伝いに旅をつづけているうちに、この男（夫）はつまずいて、突然ぶっ倒れその場で死んでしまった。三人の妻はみな、彼女たちの夫をこよなく愛していたので、まず第一の妻は「わたしはどうしても夫と一緒に死ぬのだ」といって、その場で死んでしまった。さてあとに、第二の妻と、第三の妻が残ったわけだが、夫と一緒に死んでしまった第一の妻の次の第二の妻は「わたしはこの地方に住み、死者の目をさますのを仕事としている魔法使いを知っているから、早速彼を呼んできて、第一の妻と一緒に夫が目をさますようにしてもらいましょう」と言った。すると第三の妻は「わたしは、魔法使いがやって来る前に、野獣が死体を食い荒すといけないから、死体の見張りをしています」と言い、第二の妻が魔法使いをつれてくるまで、死体の見張りをしながら、待っていた。やがて一時間もたたないうちに、第二の妻は、魔法使いをつれて戻ってきた。やがて魔法使いは彼女たちの夫と、夫と一緒に死んだ第一の妻の目をさましてくれた。夫は目をさましてから、魔法使いに大いに感謝し、彼がしてくれたこのすばらしいわざの御礼に、いくら差し上げたらいいのかと訊いた。すると魔法使いは、金は要らないが、もしよかったら三人の妻の一人をもらえれば有難いのだが、と言った。夫は、魔法使いの望みをきいた時、一緒に死んでくれた第一の妻を魔法使いにやることに決めたのだが、彼女(第一の妻)の方からきっぱり断わられた。そこで彼は第二の妻(夫と第一の妻の目をさましてくれた魔法使いを呼びに行った女)を魔法使いにやることにしたが、これまたきっぱり断わられ、そこでやむなく彼女たちの夫と第一の妻の死体を見張っていた第三の妻に決めたのだが、彼女もまたはっきり断わってきた。彼の妻が三人とも魔法使いについて行きたがらないのを見て、彼女たちの夫は、それなら三人ともみな連れて行くように魔法使いに言った。そういう話を夫からきかされた時、三人の妻の間で、早速けんかがおっぱじまり、不運にも、たまたまその時お巡りさんがそばを通りかかり、三人を逮捕して法廷につき出した。そんなわけで、困りはてた法廷の人々は、この三人のうち誰が、魔法使いのところへ行くべきか、決めてほしいと、満場一致でわたしに依頼してきたのでした。しかし、三人の妻の誰を魔法使いのところにやるべきか、これまたわたしにとってはなかなか決めかねる難問だった。つまり、第一の妻は、彼女たちの夫と共に死ぬという形で、第二の妻は、夫と第一の妻の目をさましてくれた魔法使いを呼びに行くという形で、第三の妻は、第二の妻が魔法使いを連れてくるまで、二人の死体を野獣から護るという形で、それぞれ、彼女たちの夫に対する愛情の証《あかし》を立派に立てていたのだから。そこでわたしは、この件もまた一年間の判決猶予という形をとることにした。そして二つの案件の未決期間が時間切れになる前に妻の健康が完全に回復したので、わたしたちはその町(混血の町)を出立した。ところがわたしがまだ故郷の町に着かないうちに、「混血の町」の住民たちは、わたしの町宛に、両案件とも未決のまま、わたしの判決を待っている状態なので早くきて、ぜひ二つの案件の判決を下してほしいという主旨の手紙を、四通以上も送ってよこした。

むろん、わたしがその手紙にお目にかかったのは、家に着いてからのことであったが。

そんなわけで、「混血の町」の住民たちはみな、ひたすらわたしに戻ってきて、両案件の判決を下してくれることを切実に願っている次第ですので、もしも、この物語をお読みの方の中でどなたかこの二件とはいわず、一件でも結構ですから、可及的にしかるべき判決を下され、その内容をわたし宛にお送り頂ければ、これにまさる幸いはございません。

わたしたちは「混血の町」を出立してから十五日以上も旅行していると、やがてわたしたちの前に、山が姿を見せてきたので、その山にのぼってみたところ、そこで百万を越える「山の生物」に出くわした。彼らについては、これから説明することにする。

## 「未知の山」で初対面した、わたしたちと「山の生物」たち

わたしたちは、この山の頂上にたどり着いた時、外見は人間によく似た数え切れないほどの山の生物に出くわした。しかしもちろん彼らは人間ではなかった。さてこの「未知の山」の頂上なるものは、平坦なること、フットボール競技場のようで、また至る所、

さまざまな色彩の灯《あか》りで照らし出され、美しく装飾されていて、まるでホールのようだった。そしてこの生物たちは、わたしたちが出会った時には、円形になってダンスを踊っているところだった。しかしわたしたちが彼らの中央にやってきた時、彼らは踊りをやめ、わたしたちの方は、彼らにとりかこまれて立ったまま、そこからはずっと遠く離れた遠方の森林をじっと見つめていた。この「山の生物」たちは、四六時中、踊るのが大好きで、わたしの妻にも早速、一緒におどろうと誘いをかけてきたので、妻は請われるままにおどった。

**「山の生物」たちを見ているのは、危険ではなかったが、一緒におどるのは、きわめて危険だった**

妻が、彼らと一緒におどり出したのを見て、彼らはとても喜んだ。しかしやがて、妻が疲労を感じはじめても、生物たちは一向に疲れをみせず、妻が疲れておどりをやめたのを見て、彼らはみな、ひどく腹を立て、彼女を引っぱりこんで、一緒におどりを続けさせようとした。そこで妻は、やむなくまたおどり出したのだが、彼らよりは前に疲れを感じるようになり、そこで前の通りにおどりをやめると、彼らはまたやって来て、解放されるまではおどらなくてはならないと強要するのでした。そこでまた彼女は、おどり出し、おどっているうちに妻がひどく疲れているのに、生物たちが絶対にやめさせようとしないのを見た時、わたしは妻の所へ行き、「一緒に行こう」と誘いかけた。そして、彼女がわたしについて来るのを見て、生物たちは、今度はわたしにすっかり腹を立ててきた。彼らは、力ずくでも彼女をわたしからもぎ取って、踊らせようと思っていたのだった。そこでわたしはまたジュジュを使って、前のように、妻の姿を、木の人形に変えてわたしのポケットに入れてしまい、そのために、彼らの目には、妻の姿が見えなくなってしまった。

妻の姿が見えなくなった時、彼らは早速わたしに、今すぐ妻を探し出してつれてこいと言い、ますます腹を立てた様子だった。彼らと争ってみても全然歯が立たないことは、火をみるより明らかだったので、わたしは三十六計逃げるにしかずとばかりに、命からがら一目散に逃げ出した。だが、ものの三百ヤードもいかないうちに、わたしは、彼らにとっ捕まってしまい、まわりをグルッととりかこまれ、袋のネズミ同然だった。そこで彼らがわたしに何か手を出す前に、わたしは自分を、さっさと、平たい小石に姿を変えてしまい、自分で自分を投げながら、故郷への道を急いだ。

しかしそれでも「山の生物」たちは、なおもわたしを追っかけてきて、小石に姿を変えたわたしを、どうしても捕えようとした。結局彼らは、相手が小石では捕えることもできず、そのうちわたし(小石)は、わたしの町へ通じる道路を横断している川にたどりついた。その川は、わたしの町のすぐ近くにあったのだ。だが、川に着くまでに、わたしはくたくたに疲れきっており、おまけに、小石である自分を投げているうちに、わたしよりも堅い石にぶつかり、そのため真二つに割れそうになっていた。そんな満身創痍の状態で、やっとのことで川にたどりついたわけだが、その時にはすでに彼らの方も、わたしを捕まえんばかりにわたしのすぐ背後まで迫ってきていた。しかしながら、川の所でわたしは、自分を難なく川の向う岸に放り投げて、地面に足をおろす前に、自分を元の人間の姿に変え、妻や銃や卵や短剣それに荷物も、元通りの姿に変え、大地に足を踏みおろした瞬間、「山の生物」たちにさようならの挨拶をした。すると彼らは、他人の領域を侵してはならないという、例のなわばりの掟に則って、川を渡ることができず、ただ遠ざかりゆくわたしたちのうしろ姿を、じっと見つめていた。このようにして、わたしたちは、「山の生物」たちから脱出したのです。そしてその川からわたしの故郷の町までは、僅か数分の距離にすぎず、かくしてわたしたちはめでたく父祖の国に、お国入りをし、危害を加える悪い生物たちとは、永遠におさらばをしたのでした。

わたしたちは、朝の七時にわたしの町に着き、わたしの客間に入ったが、わたしが無事帰還したのを見た町の人々は、たちまちわたしの家に殺到してきて、わたしたちを歓迎してくれた。このようにしてわたしたちは、つつがなくわたしの町にたどり着いたわけなのですが、わたしは早速両親を訪ねてその健康を祝い、また出立する前にわたしの家へやってきて、一緒にやし酒を飲みかわした旧友たちみんなと会った。

そのあとわたしは、やし酒二百タルをもってこさせ、昔通りに旧友たちとやし酒を酌みかわした。また、わたしは、家に着くとすぐに自分の部屋に入り、わたしの箱を開けて、「死者の町」からもってきた例のやし酒造りがくれた卵を、その箱にかくした。思えば、遠くて長い旅ではあったが、わたしたちがなめた幾多の辛酸と試練と苦難、それに長い歳月をかけた旅の結果得た成果といえば、この卵一個をもってきたことだけであった。

家に着いた三日目に、妻とわたしは、妻の父を、妻の父の町に訪ね、すばらしいふんいきの中で、お互いに再会を喜び合い、そこで三日間滞在してから家に帰ってきた。やし酒飲みと専属のやし酒造りの物語りは、これでおしまいです。

ところでわたしたちが帰ってくる前に、わたしの町は、大飢饉に見舞われていた。そしてそのため、数百万人の老人、それに数え切れないほどの大人と子供が死に絶え、おまけに親の中には、家畜やトカゲなどをすっかり食いつくしてしまい、あげくの果てに、自分たちの露命をつなぐために、自分の子供をすら殺す親が沢山いるという始末で、まさに地獄絵の、惨たんたる巷と化していた。雨が降らないため、植物という植物、木という木、川という川は、すべて枯れはてて、すっかり干上がってしまい、人間にとって食べるものは、何一つ残っていなかった。

## 飢饉の原因

「地の神」と「天の神」は、かつてはお互いに同じ人間仲間だったので、昔は、それはそれは仲のよい友だち同士だったのです。ある日、「天の神」は、天から降臨し、友だちの「地の神」の所に遊びに来て、一緒に森林に行って森林の動物狩りをしようと「地の神」を誘った。「地の神」は、「天の神」の申し出に賛成し、弓と矢をもって、一緒に森林に出かけた。そして森林に着いてから、彼らは朝から十二時まで動物狩りをしていたが、その森林には獲物がいなくて、動物を一匹も仕とめることができなかったので、そこを出て、大きな原っぱに行き、そこで夕方の五時まで狩猟をしたが、そこでも獲物がいなくて、一匹も仕とめることができなかった。そこでまたそこを出て、今度は森に入り、狩猟をつづけていたが、七時になってやっと、ネズミを一匹見つけ、これは射とめたが、いかんせん、仕とめたこのネズミは、二人で山分けするにはあまりにも小さすぎたため、せめて分け前が一匹ずつになるようにと、ネズミをもう一匹探しまわった。しかし、結局はそれ以上仕とめることができなかった。そこで彼らは射とめたネズミをもって、ある場所へ戻り、どのように分けたものだろうかと思案をこらした。このネズミは、二つに分割するにしては、あまりにも小さすぎたし、おまけにこの二人の友だちは、お互いに揃いも揃って、欲の皮がつっぱっているときていたので、「地の神」は、自分がネズミをもって行くと主張し、「天の神」も、おれがもっていくと言い張り、お互いに一歩も譲ろうとはしなかった。

## 誰がネズミをもって行く？

それでは、誰がネズミをもっていけばいいのだろうか？　「地の神」は、「天の神」がネズミを持って行くのを、きっぱりと断わったし、「天の神」は、「地の神」がもって行くのを、これまたきっぱり断わり、折合いが全然つかなかった。そして「地の神」は、おれは「天の神」の目上だと言えば、「天の神」もまた、おれの方が目上だと、言い返す始末だった。あれやこれやと何時間も議論したあげくの果てに、二人ともすっかり腹を立ててしまい、ネズミをそこに置いたまま、「天の神」は、自分の家の天に帰るし、「地の神」は、大地の自分の家に帰ってしまった。

ところが「天の神」は、天に着くと、腹いせに、大地に降る雨をとめてしまい、露の一滴でさえ、大地に送らないようにしてしまった。さあ大変、大地のありとあらゆるものは、干上がってしまい、この世の人間には、生命をつなぐ食べものが一つもなくなり、生きとし生けるものはいうに及ばず、生命なきものまですべて、餓死しはじめたのです。

## 一個の卵が全世界を養った

　さて、わたしがわたしの町に着く前から、すでに大飢饉が襲ってきていたので、わたしは早速自分の部屋に行って、水バチの中に水を入れ、その中に卵を置き、それからおもむろに、その卵に向って、妻と両親とわたしが食べる食べものと飲みものを産み出すように命じた。すると一秒もたたぬうちに、部屋中が、さまざまな珍しい食べものや飲みもので一ぱいに埋まり、わたしたちは、心ゆくまで食べたり飲んだりした。そのあと、昔の友だちをみな呼び集めて、食べきれなかった残りを彼らにもふるまってやった。そしてそのあと、みんなで一緒におどりをはじめた。やがて彼らが、もっと欲しいとせがむので、わたしは、また卵に命じて、やし酒を何タルも産み出させ、それを飲んだ。そのあとで友だちが、「おれたちは、六年間というものは、水一滴、やし酒一滴も口にしていないのに、どうやって、これを手に入れたのか」と訊くので、わたしは、やし酒などを「死者の町」からもってきたのだと、答えてやった。

　そのうちに、彼らは、なかなか御輿《みこし》を上げず、夜おそくなるまで、わたしの家に屯《たむろ》するようになった。その上、さらに驚いたことには、早朝、まだわたしが寝床から起き出さないうちから、彼らは、わたしの家に押しかけてきて、わたしの目をさまさせるようになり、そのうちに、その数もふくれ上る一方で、町の住民の六十パーセントを占めるまでになった。このような事態を見て、わたしは、卵をかくしていた自分の部屋に入り、箱を開け、水の入った水バチに卵を置き、いつものように命じると、彼ら（友だち）みんなに行きわたる量の食べものや飲みものが出てきた。彼らはなかなか立ち去ろうとはしなかったので、わたしは、彼らを客間で好きなようにさせておいた。さて、このすばらしい卵の話は、たちまちにして町から町へ、村から村へと、ひろがって行った。そしてある朝、わたしが寝床から起き出した時などは、さまざまな町や村からやってきた大ぜいの人々が、食べたい一心で、戸口のところに待ち群がっていて、わたしの家の戸が開かないほどだった。そしてその数は、数えるだけ野暮なぐらいになり、九時まえにはわたしの町は、よそ者を入れる余裕がない程に、はちきれそうになった。十時になってこれら来訪者たち全部が静かに腰をおろした時、わたしはまえのように卵に命じると、たちどころに一人一人にゆきわたるような食べものと飲みものがどっさり出てきて、おかげで、まる一年間なにも食べていなかった来訪者たちは、みな心ゆくまで食べ、飲み、残った食べものは、めいめいの町や家へもって帰った。そのあと一時的にではあるがともかく彼らが一人のこらず立ち去ったあと、卵に、沢山のお金を産み出すように命じると、たちまち大判小判がザクザク出てきたので、わたしは、その金を、部屋のある場所に隠しておいた。さて、彼らは、わたしの家へ来さえすれば、いつでも、好きなだけ飲み食いできるということを知っていたので、人々は、真夜中の二時であろうと、何時であろうと時間を問わず、さまざまな町や村からやってきて、あげくのはてには子供や老人まで、ぞろぞろ連れてくる始末だった。もちろん各地の王様も、お供の者を従えてやって来た。そんなわけで騒々しくて眠れない時など、寝床から起き出して戸を開けようとしたのだが、猛烈な勢いで彼らが家に押しよせてきて、そのため戸がこわれてしまったほどだった。彼らを押し返そうと、一生懸命やってみたが、衆寡敵せずで、どうにもならなかった。そこで、外に出なければ、食べものはやらないぞと言うと、彼らはそれをきいて外へ出て、家の前で待っていた。そこでわたしも外へ出て、卵に命じて彼らに食べものと飲みものを出すようにしてやった。さて、こんな具合で、さまざまな町やわたしの知らない各地からやってくる人々の数は、うなぎ登りに急上昇する一方だった。そして一番困ったことは、一たん来ると、二度と自分の町へ帰ろうとしないことだった。

そのために、わたしなどは、昼夜を問わず、卵に命令を発しぱなしで、一瞬の睡眠も休息もとる暇がなくなってしまった。そこで卵を部屋の中に置いておくと、ますます面倒でろくなことがないことがわかったので、わたしは水バチもろとも、卵を群衆の真中においてやることにした。

## わが家での乱ちきさわぎ

わたしは、今では町では指折りの、最有力者になり、しかもそれでいて、わたしの仕事といえば、食べものと飲みものを産み出すように卵に命じることだけだった。そこである日、人々を、この世の中で最高の食べものと飲みもので、もてなしてみようという気を起し、その旨卵に命じると、たちまちにしてその通りになった。しかし、さて困ったことに、人々は心ゆくまで飲み食いしたあと、すっかり調子に浮かれて、おどって遊んだり、お互い同士取っ組み合いをはじめ、事のはずみに誤って、卵をつぶしてしまった。というのは、その卵は水バチもろともこわれて、真二つに割れてしまったのです。そこでわたしは、大急ぎで卵を拾いあげ、ゴムでつなぎ合わせ、応急処置を施しておいた。人々は、立ち去ることもできずにそこに残っていたが、座はすっかりしらけきってしまい、彼らは遊びなどはやめ、こわれた卵のことを気づかって謹慎はしていたものの、またもやひもじくなってきて、例によって食べものなどが欲しいと要求してきた。そこで、わたしは卵をとり出して、まえどおりに卵に命じたけれども、卵はもう何一つ産み出すことができなかった。わたしは、彼らの目の前で三回命じてみたのだが、それでも出てこなかった。そんなわけで、彼らは一物も口にせずに四日間待っていたが、やがてあきらめて、一人また一人という具合に、めいめいの町へ帰って行った。しかも、立ち去りぎわに、わたしを罵倒しながら。

## わたしに借りたものをわたしに返し、食べたものを吐き出せ

これらの連中が、もとの自分の町や村へ帰ってしまったあとは、わたしの家へ今までのように、姿を見せる者は一人もいなくなり、友だちもまたみな来るのをやめ、道で会って、わたしが挨拶しても、彼らは素知らぬ顔をして通りすぎて行った。

だがわたしは、部屋の中に、しこたまお金を隠しておいたので、そんなことは一向に

気にならなかった。それに卵がこわれた時、わたしは卵を投げ捨ててしまうというようなことはしていなかったので、ある日自分の部屋へ行って、もう一度ゴムでしっかりと卵を固めなおし、ひょっとするとまたいつものように食べものを出してくれるかもしれないと念じながら、卵に向って、まえどおりに命じてみた。するとどうでしょう、驚いたことに、今度は数百万本の革のムチが出てきたのです。卵が革のムチを産み出したのを見て、わたしはすぐさま、その革のムチを回収するように卵に命じた。するとたちまちムチはなくなった。そこでわたしは、数日たってから王様の所へ行き、鐘鳴らし役人に命じて、鐘を鳴らして、すべての町や村の人々に、次のようなことを触れてほしいと、王様にお願いした。――「すばらしい卵をわたしにくれたやし酒造りが、「死者の町」から別の卵をわたしに送ってよこし、おまけにこの卵は、こわれた前の卵よりもずっと性能が強力だから、今までのようにわたしの家へ来て、好きなものは何でも食べるがよい」という内容のお触れを。

　人々はこのお触れを聞いて、みな集まってきた。そして、おこぼれがあとにのこっていないのを見届けてからわたしは、卵を彼らの真中におき、友だちの一人に、卵に、産み出せるものは何でもいいから産み出すよう、命じるように話しておいて、わたしは自分の家に入り、窓や戸をすっかり閉めきってしまった。そして友だちが卵に、産み出せるものは何でもいいから産み出すように命じると、数百万本のムチが出てきて、ムチで、彼らをすぐさま激しく打ちはじめた。そのため子供や老人をつれてきていた人々は、彼らを連れ去るのを忘れて、我先にと一目散に逃げて行った。そして王様のお供の者たちとか、王様たちまでが例外なく、ムチでひどく打たれた。その多くの者が森林に駆けこみ、多数の者が森林で死に絶え、とりわけ、老人と子供、それにわたしの友人も多数死んでいった。そして、生き残った者にしても、こうなってしまったのでは、めいめいの家に帰る道を探すのも、なかなかに至難なことになってしまい、わたしの家の前は、一時間たらずのうちに、人っ子一人いなくなっていた。

人々が一人のこらず退散してしまったのを見て、これらのムチはみんな一カ所に集まって、もとどおりの卵の形に収縮した。そして驚いたことに、一個の卵になってしまった瞬間、その卵は、パッと消えてなくなってしまった。しかしながら、かんじんかなめの大飢饉の方は、依然として、町中の至るところで猛威をふるいつづけ、連日のようにバタバタと、老人たちが死に絶えてゆく惨状を目撃するに及んで、わたしは、生き残っていた老人を呼び集め、大飢饉に終止符をうつ善後策を相談した。相談の結果、わたしたちは、次のような方策で飢饉を終わらせることができたのだった。——まず鶏二羽と、コラの実六個、やし油一ビン、苦いコラの実六個を、ささげ物として、「天の神」におそなえすること。それから鶏を殺して、それらを、こわれたツボに入れ、そのあとさらにコラの実を入れてから、そのツボにやし油を注ぐ。そしてその御供物《ごくもつ》を、天にまします「天の神」の御前に運ぶということに決まった。

## さてそれでは、誰が一体この「天の神」への御供物を天まで運んでゆくのか

まず最初に、わたしたちは、王様のお供の者の一人に白羽の矢をたてたが、その男は断わった。そこで、町で一番貧しい人の中から一人選んだのだが、これまた断わられてしまった。そこで最後に、王様の奴隷の一人に白羽の矢をたてて、「地の神」よりも目上でおわします「天の神」に捧げる御供物を、天まで運ぶことにした。すると「天の神」は、この御供物を、善しとして嘉納された。この御供物(を大地から天に捧げるということ)は、「地の神」が「天の神」に降伏したこと、「地の神」が「天の神」の目下

であることの証《あかし》であったからです。奴隷は、御供物を天に運び、「天の神」に奉納してから、いよいよ帰還の途についたのだが、半分も来ないうちに、急に豪雨が来襲し、この豪雨に打たれながら、奴隷は、やっとの思いで町にたどりついたのだった。そして奴隷が町にたどり着いた時、雨除けをしたいと思ったのだが、誰一人として彼を自分の家へ入れようとはしなかった。町の人たちはみな、彼(奴隷)が「天の神」の御前に御供物を運んで行ったのだから、彼が「天の神」のみもとに、自分たちも運んで行くかも知れないと思って、彼を怖れていたのだった。

しかしながら雨は、三カ月間、いつものように整然と、降りつづき、その後飢饉は、二度とおこらなかった。

# 私の人生と活動

私はアベオクタの出身で、一九二〇年に生まれました。アベオクタはラゴスから六十四マイル離れている。私が七歳くらいのころ、父のいとこの一人でダリーという名前のアフリカン病院の看護師が、私を父のところから彼の友人のF・O・モヌさんというイベ族の人の家に連れてゆき、住みこみの使用人にさせ、給料をもらう代りに学校に行かせてもらうことになった。

私が最初の教育を受けたのは一九三四年、アベオクタの救世軍学校でのことで、モヌさんは学期あたり六分の一パウンドの授業料を定期的に払い、また学校で必要なものを私に買ってくれた。

だが私は同級の他の少年たちよりも頭の回転が速かったため(幼年科一年)、学年の終わりには幼年科一年から普通科一年に特別に移ることを許された。

毎週土曜日の放課後、私はいつも遠い森に行って薪を拾ってきたので、ご主人は二度と薪にお金を遣うことはなかった。

こうして二年間暮らしたあと、一九三六年にご主人はラゴスに転勤になり、親切にも私を連れて行ってくれた。ラゴスに着くと、私たちはイタ・ファジのそばのブリス通りの二階に住んだ。

ラゴスに着いて二週間ほどして、私はラゴス・ハイスクールという学校に入学を許された。いいえ、私はご主人のために食べ物を準備したりする係ではなくて、それはある残酷な心の女の仕事だったので、私が一マイルほど離れた学校に行ける前に、この女は私に唐辛子をすりつぶし、薪を割り、皿を洗い、十分な水をポンプから家に運ばせる仕事をさせて、それから学校に行くことを許してくれるのはやっと九時半ごろでしたが、学校は八時半に始まるのだった。それに彼女は私が学校に行く前に、朝ごはんはまったくくれませんでした。

昼休みつまり正午になると、クラスの他の少年たちは全員外に出てお弁当を食べるのだけれど私だけは教室に残って昼休み前にやった全教科を勉強した。やっと四時に学校が終わり家に帰ると、この女は私に満足できる二杯ではなく一杯だけのガリ（キャッサヴァの根からとったでんぷん）を与え、さらに私のスープには肉をぜんぜん入れてくれなかった。

この無慈悲な女は私のご主人を完全に満足させるまでつくしていて、この策略によって私のために遣うべき小銭を貯めこむ機会を得ていた。このひどい仕打ちに対してご主人に訴える機会はあったのだが、彼女が私についてよからぬことをいってご主人が私をクビにすることを私は恐れていた。なぜなら彼女はたいへんな策略家で私は自分の学業を中断したくなかったからです。

この学校には一年通い、毎週もらう通知表には週末ごとにいつも一番と記されていて、それは私が一年をつうじて少年五十人のクラスで首席だったことを意味するのだ。その年度末には私は百五十人の少年の中で首席だったがこれはその学年の最終試験だった。このため、校長先生は私を普通科二年から普通科四年へと進級させ、また一年間学費免除で通学することを許してくれた。

だがその翌年、普通科四年から普通科五年に上がると、私はもうご主人のところにはいられなくなった。なぜなら、あの女に与えられるきびしい罰があまりに耐えがたくなったので、それで十二月の休暇に私はご主人に、父と母に会うためにアベオクタに行きたいといったのだ。家に帰ると、私はラゴスに戻ることを拒んだが、ご主人は私のことを弟か息子のようにかわいがっていたので、なぜ私がぐずぐずしているのかを知るためアベオクタまで来てくれた。

だが私は相変わらずラゴスに一緒に戻るのを拒んだ。それはあの残酷な心の女のことを覚えていたからで、こうして私は学業をやめてしまった。私はアベオクタの学校にまた通いはじめようと思い、この学校の名前はアングリカン・セントラルスクールといいアベオクタのイポセ・アケにあった。こんどは私はご主人のおかげではなく、アベオクタから二十三マイル四分の三のところにある村に住んでいた父が私の授業料と生活費を出してくれたおかげで、学校に行けたのだ。しかし当時の私はとても若かったため、父のところに行ってお小遣いをもらい町(アベオクタ)に帰ってくるたび、このお小遣いはいつも二週間もしないうちになくなってしまうのだった。なぜならそれは私の必要にはぜんぜん足りない額で、そうなると私は町のそばの森《ブッシュ》に行き薪にする木を探し、それを売って当座の生活費を稼いだ。何か父にもらいたいものがあると土曜日に私は父を訪ねるのだが、この二十三マイル四分の三という距離をトラックに乗るのではなくいつも歩いていった。そのころたった二ペンスだった運賃を払うお金がなかったからです。家を朝の六時に出ると、私はおなじ朝の八時《ママ》ごろには村に着き、それは家族の者たちがちょうど畑に出かける準備をしている時分で、これはかれらにとっては大きな驚きだった。かれらは私がこの距離を歩いたとは信じず、トラックに乗ってきたと思っていたからだ。

こうして朝、村に着いて、ごはんを食べると、私は父について畑へと行き、夜まで手伝った。

翌日、日曜日に、父は私にお小遣いに加えて二ペンスの交通費をくれ、私が村を夕方の五時ごろに出て村から五マイル離れたところからトラックに乗れるようにしてくれた。ここまで行かなければアベオクタ行きの交通がないからだ。だが私はトラックに乗ってトラックの所有者に二ペンスを払う代りに、それを他のことに遣えるようポケットにしまい、町までずっと歩いてゆくのだった。

ある日のこと、私がこれだけの距離を歩くのに疲れて、でもお金がなかったので私は目的地まで「きせる」させてもらうためにトラックに乗ったが、このせいでトラックの所有者は私のことを「きせる」常習犯だと疑い私は額にけがをさせられ、そのけがのせいで額にはずっと傷が残った。

その年度の終わり、私は普通科五年から六年に進級し、普通科六年を九カ月まで終えたとき、学費その他を出してくれていた父が急死したのです(一九三九年)。すると家族の中で私に勉強を続けさせようと申し出てくれる者は誰もいませんでした。それで私は学校をやめ、畑に出るか村に戻って自分の畑を作り始めるかしなくてはならなかった。

もっぱら家族のものだった父の畑や土地に、手をつけることはできなかったからだ。自分の畑を切り拓くあいだ、私の目的は自分の植えた作物がみのったならそれを売って学費その他を払うお金を稼ぐことだった。なぜなら私は普通科六年を終えたかったからだが、不運にもこの年は作物をよくみのらせるための雨がじゅうぶんに降らなかった。およそ一年ほど、畑作りにとりくんで失敗したのち、私はラゴスにいる兄のところにいった(おなじ父親だがおなじ母親ではない)。それから私は鍛冶屋の技術を学びはじめた。この仕事で一人前になってから、私は努力して一九四四年に西アフリカ航空部隊(英国空軍)にコッパースミス(銅職人)として加入した。鍛冶屋の仕事もこの職分に入るのだ。私の階級はAAIで、番号はWA/8624だった。

除隊してからは自分の作業場をもとうと最大の努力をしたが、二、三カ月するとそれ以上には努力が続けられなくなった。作業場をもつためにはお金が足りなかったし、助けてくれる人は誰もいなかったから。この計画に失敗して、私は少しでもいい仕事をもとめてあちこち動くようになった。そのころは、海外に行っていた元兵隊たちが大勢帰ってきて、みんなが仕事を探している時期だった。ある仕事に空きができると、だいたい百人くらいが押し寄せてきました。そのため、この満足のいかない仕事にしてもそれを得るのはむずかしかったのだ。現在も私はこの仕事を続けています。

一九五二年四月一七日

エイモス・チュツオーラ

（管啓次郎 訳）

故・土屋哲氏による解説とは人名や年代など若干の不整合があるが、すべて原文通りとした。この文章自体、チュツオーラ自身の署名と日付が付けられているものの、聞き書きか走り書きのような粗さがあるので細部は必ずしも正確ではないかもしれない（訳者）。

# チュツオーラとアフリカ神話の世界
## ――『やし酒飲み』の宇宙論的《コスモロジカル》背景をめぐって

土屋　哲

チュツオーラは、「アフリカの年」といわれる一九六〇年(この年は、アフリカで独立の機運が最高潮に達し、実に十七カ国が独立を達成した記念すべき年である。ナイジェリアもこの年の十月一日に独立した。文学に関しては、それ以前は仏語圏文学が中心で、英語圏文学は六〇年以降に開花した)以前から、すでに活発な文学活動を精力的にくりひろげ、その怪奇で幻想的な特異な作風で、西欧およびアメリカの文学界に、アフリカ文学の存在を誇示した、いわば英語圏アフリカ文学の草分け的先覚者である。

彼は、『やし酒飲み』(一九五二)、『神々の森放浪記』My Life in the Bush of Ghosts(一九五四)、『シンビとジャングルの主《ぬし》サタ』Simbi and the Satyr of the Dark Jungle(一九五五)、『勇敢なアフリカの女狩人』The Brave African Huntress(一九五八)、『ジャングルの羽根女』The Feather Woman of the Jungle(一九六二)、『アジャイイと貧困相続』Ajaiyi and His Inherited Poverty(一九六七)などの力作をやつぎばやに世に問うた。そして七〇年代の絶筆状態を経て、八〇年代に再び創作意欲が燃えあがり、『薬草まじない』The Witch-Herbalist of the Remote Town(一九八一)、『神々の森の粗野な狩人』The Wild Hunter in the Bush of Ghosts(一九八二)、『貧困者・騒ぎ屋・中傷家』Pauper, Brawler and Slanderer(一九八七)、短編集『村の呪術医』The Village Witch Doctor and Other Stories(一九九〇)、民話集『ヨルバの民話』Yoruba Folktales(一九八六)など、活発な創作活動を見せた。中でもこの『やし酒飲み』は、チュツオーラ最大の傑作としての評判がたかい。

## チュツオーラの生い立ち

チュツオーラは、一九二〇年に、西アフリカのアベオクタという、ナイジェリアでも指折りの大きな町の一つに生れた。父は、ココア園に働く農夫で、両親ともキリスト教徒であった。このアベオクタという町は、J・ガンサーも、「すでに一八六二年に英字新聞があり、粗末ながら本屋の数は、「どっさりある」と紹介している文化の香り高い町で、近代都市ラゴスと文化の都イバダンのほぼ中間に位置している。そしてG・パリンダーが「アベオクタ（「岩の下」の意）は、花崗岩の玉石の塊で掩われた丘陵の中腹ぞいにはいつくばっている大きな町で、古っぽけた泥を固めて造った民家と、新しいコンクリート造りのビルが混在し、近代的なモスクと教会の間を縫って、古い異教の寺院が建ちならび、神聖な岩の下の洞くつには、十数年前にも人柱が立てられたといわれている」というように、古いものと新しいものとが混在するこの町のたたずまいは、まさにチュツオーラの主題にぴったりといえる。なおこの町からは、一九八六年にノーベル文学賞を受賞したウォレ・ショインカが生れていることも付言しておかなくてはならない。というのは、このショインカ（劇団「マスク一九六〇」と「オリスン座」を主宰し、現代西洋演劇に、ドラム、ダンス、マスクなどヨルバ伝説の技法を大胆に導入して、独自の芸域開拓の実験に意欲的に取りくみ、イフェ大学比較文学科で後進の育成にあたった）の作品には、しばしば、チュツオーラときわめて近似した一面を垣間見ることができるからだ。ところで伝統といえば、この地方は、かつて十九世紀まで、イフェ、オヨ、ベニンという強大なヨルバ国家が栄えていた栄光の歴史をもつ地方で、その文化的質の高さは、現存するヨルバ族の美術工芸品からも十分うかがい知ることができるし、ヨルバ文化は、アフリカ文化のメッカ的存在として、世界的に定評がある。ガンサーも、このヨルバ族について、その旺盛な読書欲と教育熱に驚嘆しながら、「大陸でも屈指の気位の高い部族で、自らをナイル族の後えいと称し、教養文化の程度も高く、開化されており、イボ族を蛮人として見下し、その多くは、知性豊かな夢想家で、その上、不撓不屈の精神をもっている」と述べているが、古い、純度の高い伝統に生気づくヨルバ族作家チュツオーラ、ショインカの側面を言い当てた至言である。

さてチュツオーラは、十歳の時、アベオクタの救世軍学校に入ったが、学業よりはむしろ、裕福でない父の仕事を手伝ったり、遠く森林にたきぎを採りにさまよったり、夕暮時、寓話や民話に耳を傾けたり、友だちとナゾかけ遊びをするのが、楽しくてたまらなかったようである。彼の学費はそれまで、叔父が貢いでくれていたが、一九三二年、十二歳の時、家計が不如意になり、そのため叔父の世話で、叔父の友人F・O・モルヌ(イボ族出身で政庁の職員)のハウスボーイとして働きながら苦学し、三四年モルヌの転勤に伴ってラゴスに移り、その後はモルヌの友人のハウスボーイとして住み込みながら、ラゴス高等学校に通った。ところがこの家の主婦は、「継子をいじめる継母のように」

ひどく彼を虐待し、チュツオーラはいたたまれず、三六年暮休暇で帰省したまま二度とラゴスに戻らなかった。多分父の家業もいく分もち直したのだろう、彼は、アベオクタの救世軍学校に復学した。ラゴス高等学校では、チュツオーラは、非凡の才覚を示したといわれている。三九年にアベオクタのアングリカン中央学校に進学したが、よくよく学校とは縁のない星に生れついていたのか、三九年に父が死亡し、農園で懸命に働いて学費捻出を計ったのだが、運わるくその年は旱ばつの当り年、精魂つき果てて、チュツオーラは学業を断念した。そこで同じ年に再びラゴスに舞い戻り、今度はカジ屋（鉄工）の技術を修得し、四一年から四五年までの四年間、カジ屋の資格で英国空軍（RAF）部隊に勤務した。ところで八〇年八月にチュツオーラ研究家オモラ・レズリーさんの案内でイバダン郊外に住むチュツオーラを訪ねた時、彼は、四一年からほぼ二年間、ビルマにいた事実を明かしてくれた。ラゴスから船で、中東を経て四カ月かかってビルマにたどり着いたとのことだ。後方部隊勤務で、もちろん日本軍と直接砲火を交えたことはないという。空襲で防空壕に退避した時の恐怖をチュツオーラは顔を引きつらせながら語り、戦争はもうこりごりだと付け加えた。もしかすると代表作『やし酒飲み』をはじめとする彼のジャングルものの底流に潜む恐怖に、このビルマ体験の恐怖が深い影を落としているのかもしれない。ともかくこれは、チュツオーラの経歴の空白部を埋める新事実であり、同席したレズリーさんも真剣な表情でメモを取っていた。それはともかく終戦と共に職を失ったチュツオーラは、自力でカジ屋開業を決意、資金集めに奔走したが、結局夢は実らず、四六年やむなく、労働局の小使いになり、その退屈な仕事と使い走りの待ち時間を利用しては、紙のはしばしに物語を書き綴り、これが現在の『やし酒飲み』の原本となった。したがって『やし酒飲み』はすでに四六年に完成されていたのだが、出版するためにもちこんだ The United Society for Christian Literature 社に断わられ、その代りに紹介された Faber and Faber 社から、正式に出版されたのが五二年、ということになる。

ところが、次の解説で紹介するような、さまざまなこの本がもつ要素が、当時の西欧の文学界を異常に刺激し、カフカと比較されたり、ダンテ、バニヤン、ブレイクはてはグリムの童話と対比され、大変な評判になった。しかし、この成功にもかかわらず、チュツオーラは職業作家になる意志は毛頭なく、依然カジ屋開業の夢を断ち切れず、それは執念に近いものになっていたといわれる。それでは、これほどまでに彼がカジ屋に固執するのは何故だろうか。もちろんそこには、自立したいという自由への憧れもあったであろうし、とりわけ技術が尊崇されるアフリカ社会の、中でも農業社会でのカジ屋のもつ社会的地位も考慮されなくてはならないだろうが、しかし何よりも、ハロルド・R・コリンズが「チュツオーラは、鉄を鍛える仕事が大いに気に入り、金属を曲げたり、型どったりすることに、一種の芸術的喜びを感じていた」と指摘している。鉄工という職業がもつ芸術性が、無口なチュツオーラの芸術家気質をゆさぶったからだといえる。つまり、農業中心のアフリカ社会では、カジ屋は、生活と芸術が一体化した職業であり、同時にヨーロッパの錬金術的な魅力をもった職業だといえる。このようなアフリカ人の考え方を示す例を、もう一つ、仏語圏アフリカから紹介しておこう。自伝的自己拡充の、求道型の小説ということで評判の高いギニアのカマラ・ライに『王様の栄光』（一九五四）という小説があるが、その中でライは、カジ屋デイアロの口を借りて、白人求道者クレアランスに「だがオノとは一体何なのか。わたしは今までに数千本のオノを鋳てきました。が、その中でもこのオノは一番美しい。他のオノは、この一梃を鋳るための試作でした。わたしは、今まで、この一梃のオノをつくりあげるために、技術を修得してきたのです。これこそわたしの生命であり、わたしの生涯の努力の結晶です。さてわたしがこのオノを王様に献上したら、王様はどうなさるだろうか。……多分王様は、これを嘉納されるだろうし、少なくともわたしは、それを望んでいます。そして恐らくおほめの言葉を頂戴するでしょう。わたしはそれで満足です。王様には今後とも他のカジ屋から、わたしのよりははるかに美しい、はるかに鋭利なオノが献上されるでしょう。それはよく解っています。しかしわたしは、それでも作るのです。いや作らざるをえないのです。これ以外にわたしの仕事はないし、わたしは、いってみれば、一つの種類の果実しか実を結ばない木のようなものです。そして王様に、ただわたしの善意さえ汲みとって頂ければ、それでわたしは満足なのです」と、言わしめている。J・ヤーンも「鉄を鋳るのは、目的のためにあるのではなく、喜び《プレジャー》のためにあるのだ」と言って、アフリカ人固有の生活芸術観を鋭く指摘しているように、カジ屋が鉄を鍛えて造型するのは、自己の全存在を賭けて精進した最後の快心の一作を、ひたすら王様に、芸術の神、美の神に奉献するためにあるのであって、その過程の数千本はあくまでこの最後の一作を鋳抜くための試作品、そして実生活に供せられるのはこの試作品なのだということになる。ここに、段階的には実用に供せられても、最終的には、完成された入魂のオノは、王様を喜ばすため、芸術のためにあるという、カジ屋の芸術家意識をよみとることができるし、芸術と生活が一体化したカジ屋に、チュツオーラが魅かれた気持ちも十分理解できるというものだ。したがって、もし彼が、金運に恵まれてカジ屋を開業していたら、おそらく彼の小説は生れなかったであろう。彼の小説は、ある意味では、彼の芸術家気質の、欲求不満の、代替物であったといえるからだ。

チュツオーラは、一九四七年ビクトリア・アラケと結婚、五六年にラゴスのナイジェリア放送協会に奉職、五七年には、イバダン大学のコリンズ教授との『やし酒飲み』の劇作化という共同作業のため、希望してナイジェリア放送協会イバダン支局に転じた。五八年この劇作化は完成し、六二年にヨルバ語版『やし酒飲み』が、イバダン大学アート・シアター、ガーナ大学などで上演された。またその間、イバダンのユニークな作家出版事業組織であるエンバリ・クラブの設立委員を務め、イバダン文化の発展に尽した。七六年には長らく勤めたナイジェリア放送協会イバダン支局倉庫管理人の職を退いた。その後イフェ大学アフリカ研究所にチュツオーラを迎えようという話もあったがこれを断わり、商売に転じた。彼から日本の家庭電器製品販売店を紹介してほしいとの手紙を私が受け取ったのは、その頃である。以来、毎朝九時に行商に出て、夕方おそく帰ってくる日が続いた。だが、彼の作家としての才を惜しむ声が強く、イレ・イフェにあるイフェ大学で教鞭をとっているショインカやオモトショの誘いで、七九年から八〇年まで客員作家という資格でイフェ大学に招かれ、短編『裏切者アデ』と『アジャイイと村の呪術医』をものして、その義務を果たした。八一年には十四年ぶりに長編『薬草まじない』を出した。

チュツオーラの生い立ちの記がいささか長くなったが、これを手がかりに、彼の作品から、自伝的要素を嗅ぎわけ、それがチュツオーラ文学の理解に役立ってくれれば望外の幸いである。

## 『やし酒飲み』について

### 「恐怖」対「モラル」

「この物語の全巻に、すみずみまでみなぎっているものは、恐怖《フィアー》である」と、『神々の森放浪記』の序文の中で、G・パリンダーが言っているが、これはチュツオーラ文学の実体を抉りあてた至言である。この『やし酒飲み』も、全く同じ意味で、恐怖の物語といえる。では、この恐怖とは一体何の恐怖なのか。パリンダーは、言葉をついで「アフリカの生活に恐怖があることを疑う者があれば、チュツオーラの物語が、それが現実にあることを証明してくれよう。アーサー・ラッカムの水彩画に出てくる樹木のように、触手を伸ばす恐ろしい精霊の生息する未知の森林は、ほんとに恐怖の場所である」と言うように、それは、今日なお多数のアフリカ人が信じこんでいる、森林《ブッシュ》の恐怖である。それでは、森林《ブッシュ》とは何か。再びパリンダーの説明を借りよう。「神々 ghosts の住む森林bush は、熱帯林の中核的存在であり、熱帯林の他の部分が耕作のために伐採されても、依然原初のままでとどまっている、人の入りこめない奥深く濃密なヤブである。ここは、狩人や旅人ならよく承知しているように、人間は、覚悟を決めて入らなければならない場所である」(この'ghost'について、G・ムアは、「かつてこの世に住んでいた個人の霊魂ではなく、他界に永住する住民のことで、生ある人間としての生活をしたことがないが、人間の生活をよく知っており、また人間の生活とたえず接触をもっている者」と説明している)。「チュツオーラも他の稿本で言っているように、アフリカには、政府指定の特別保留林と無保留林のほかに、特別保留原生林があり、ここに住むのは、死んだゴーストと邪悪なジュジュだけで、したがって白人も黒人も絶対に入ってはならない禁止区域になっている。もし入ろうものなら二度と出口はわからず、永久に境界に行きつくことはできない」。

『やし酒飲み』は、まさにこのような森林《ブッシュ》を、威圧的な、悪意にみちた自然を、生者と死者が妖しく交錯する霊異の世界を、主人公が、死んだやし酒造りのいどころを求めて、「死者の町」まで、ジュジュを巧みに使いわけ、変幻自在に化身しながら、いくたの危難を乗り切り、冒険遍歴を重ねる、恐怖の物語であり、同時にアフリカ人にとっては、きわめてリアルな物語である。そして、チュツオーラが西欧人にアピールした大きな要因の一つは、この恐怖であるとわたしは思う。クエーカー教徒は、神の前で慄えるという。恐怖のあるところ、救いがあるなどと、野暮なことはいうまい。ただ現代人は、余りにも「恐怖」を忘れ去ってしまいすぎていることだけを指摘しておこう。それでは『やし酒飲み』は、あくまでパッシブな恐怖だけの物語だろうか。断じてそうではない。この場合、アフリカ人にとってリアルな、アクティブな、「モラル」の面を読み落とすことは絶対に許されない。恐怖が、森林《ブッシュ》の旅を通じて、負《マイナス》の因子として作用しているならば、「モラル」はまさに、正《プラス》の因子として、負を埋め合わせてなおおつりがくるからだ。E・N・オビエチナが「ここに、伝統的アフリカ人像というものを、敵意にみちた環境の無力な犠牲者だと見る、一般的な見方(マイナスの面)があるが、この見方は実は、伝統的民話に映し出されているアフリカ人自身がもっているイメージとは、まさに正反対のイメージであるがゆえに、チュツオーラの世界観のこのプラスの面は、特に強調されてしかるべきである。アフリカ人は確かに、彼をとりまき、彼の生存そのものを脅かす自然とか、そのほかさまざまの問題が山積していることをよく知っている。しかし、これらの難題に、勇気と知謀をもってじゅうぶん対処できるだけの能力を、自分たちは具備しているという絶大な自信を、アフリカ人はもっている。そして、このようなアフリカ人のもっている根元的な自信は、多くの民話の中で、主人公が敵意にみちたもろもろの力に対して勝利を収めること、すなわち、人類の勝利という形で、劇化されているのだ」といっているのも、パッシブな、恐怖からの価値規準の転換、つまりアフリカ人の行動倫理の主体性に刮目すべきことを指摘しての発言である。また、H・R・コリンズが「この恐怖とて、決して登場人物たちを卑屈にしたり残忍にはしなかった。チュツオーラの主人公たちは常に、人間に対して、寛大で鷹揚で親切だし、悪鬼とか、敵意にみちたゴーストに対しても、公明正大なのだ」といい、アメリカ人の行動を律するモラルとして、勇気・決断力・不撓不屈の精神力・創意・知謀・寛容・親切・忍耐などの徳目を挙げているのも、「恐怖」に対する人間の主体性の誇示という立場からの発言であって、圧倒的に「恐怖」であるはずの「森林《ブッシュ》」が、アフリカ人にとって「リアル」

であるということの真意は、まさにこの点にあるのである。そして「恐怖」対「モラル」という場合の「モラル」とは、例えば、W・カーティが、「やし酒飲みの妻になった町の長の娘が、恐怖に苦しみ、食べることも口を利くこともできなくなったのは、結婚をすすめる父に服従せず、また完全な紳士の忠告をきき入れなかったことに対する道徳的非難の結果である」といっている意味の、いわゆる通俗的な意味での「道徳」ではなく、アフリカ人の行動倫理の主体性を支える規範という意味であり、このことは、実はのちにふれる、アフリカの口承文芸にみられる伝統的なディレンマ説話《ストーリーズ》にかかわってくる問題なのである。ただここでは、『やし酒飲み』の中に、その主軸として、「恐怖」対「モラル」という太い軸が一本貫き通っているということ、チュツオーラの作品のモラルを問題にする場合、アフリカ人のリアルな生活にオーバーラップさせながら、常にこの伝承的ディレンマ説話の問題を併せて考えていかなくてはならないということを指摘しておきたい。

## チュツオーラの文体と言語

その文体と言語の点で、チュツオーラほど物議をかもし出した作家は少ない。その意表をついた珍奇さに、魅了される者もいれば、大体において教育をうけたナイジェリア人からは、あんなカタコト英語が、破格の、でたらめ文法で語られることは、アフリカ人自身の能力の低さを示す、アフリカ人の恥だとする、国辱論まで出る始末である。

チュツオーラの文体について、「学校英語と官庁用語と西アフリカ・ピジン語の合成」(『リスナー』誌一九五四年五月十三日号)だとする、ポール・ボハノン説があるが、ピジン語という点を除けば、大体コリンズも、モララ・オグンディペも、この説を認めている。ここで、チュツオーラの用語法の問題について少しつっこんで分析してみよう。

コリンズは、「チュツオーラの言語は、その生硬さにもかかわらず、このアングロ・ナイジェリア語がもつ明確さ・迫真力・力強さ・巧緻さが、文法的破格の非因襲性と直結して、われわれの心をゆさぶるのだ」といい、その実例として、rest meat(= rest of the meat); leaning more(= getting thinner); that which(= that または which)をあげ、さらに“he was still looking at me as he was running away, this Satyr was looking at them with these eyes, it was so I was killing them.”の文例にみられる、進行形の拡大使用は、その荒々しい行為に、迫真性を与えていると説明している。その他にも、「態」とか「比較」の混用が多くみられる点を指摘しているが、そういえば確かに、チュツオ

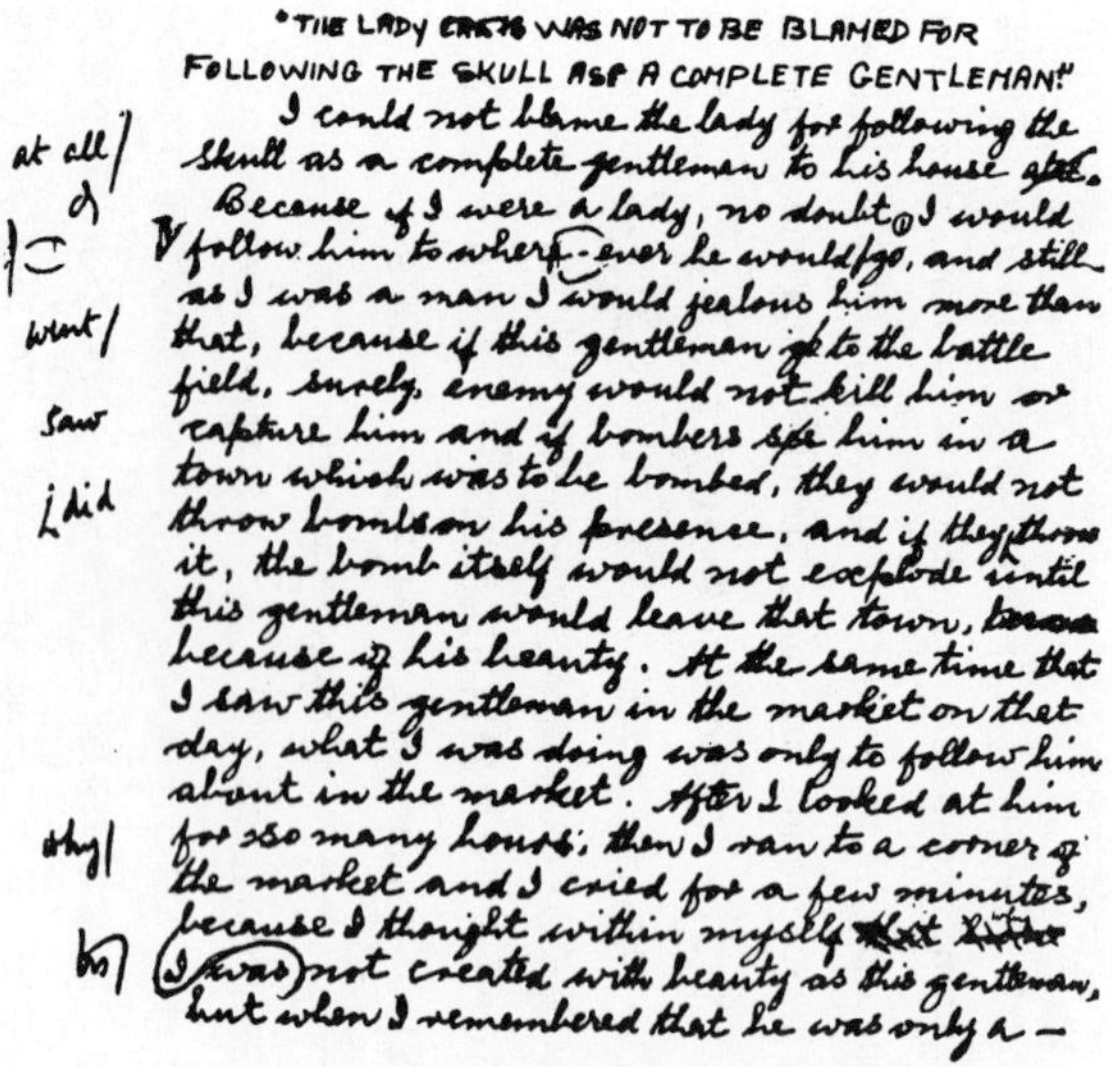
"THE LADY WAS NOT TO BE BLAMED FOR FOLLOWING THE SKULL AS A COMPLETE GENTLEMAN"

I could not blame the lady for following the Skull as a complete gentleman to his house.

Because if I were a lady, no doubt I would follow him to wherever he would go, and still as I was a man I would jealous him more than that, because if this gentleman go to the battle field, surely enemy would not kill him or capture him and if bombers see him in a town which was to be bombed, they would not throw bombs on his presence, and if they throw it, the bomb itself would not explode until this gentleman would leave that town, because of his beauty. At the same time that I saw this gentleman in the market on that day, what I was doing was only to follow him about in the market. After I looked at him for so many hours, then I ran to a corner of the market and I cried for a few minutes, because I thought within myself I was not created with beauty as this gentleman, but when I remembered that he was only a —

これは，チュツオーラの草稿に出版社側が「加筆訂正」を加えた原本で，本書の28頁に当る部分である．この出版社側の「訂正」は一貫性を欠き，その上現地英語とヨルバ語法に無知な者の独断的な加筆であると，H.R.コリンズ教授は指摘している．チュツオーラの英語を知る一端にして頂ければ幸いである．（訳者）

ーラの文体が、そうした破格によって、われわれの想像力を強烈に刺激することは事実である。

さて、チュツオーラの文体と言語については、諸説が入り乱れているが、現段階でもっとも信頼できる、もっとも注目すべき発言は、ヨルバ語に堪能であるオグンディペの説明だろう。オグンディペによると、

「チュツオーラの言語は、チュツオーラが、官庁用語とか新聞用語といった言語の断片に、陶冶・彫琢を加えて出来上ったものを自由に駆使して、ヨルバ語の文を、英語の単語に一つ一つ移し替えながら、標準文法の型を破った独創的な英語構文に仕立てあげた、彼独自の創造物である」

「チュツオーラは、ひたむきに、しかも大胆に、(恐らく無心に)ヨルバ語の代替物件として適正な英語の単語を探りあてながら、ヨルバ語の言語構造と文語的慣例を彼独創の英語散文の中に組み入れて行ったのだ。つまり、彼は、本質的には、英語の単語を使いながら、実はヨルバ語を語っていることになるのだ」ということになる。

そしてチュツオーラが、独創的な、迫真性と力強さをそなえた独自の文体を創造するにいたる間の、この言葉の精錬彫琢は、まさしく、前に述べたカジ屋の夢に固執するチ

ユツオーラの芸術家気質とピッタリ符合するものであり、このオグンディペの評価は、チュツオーラの真髄を見抜いて炯眼《けいがん》というべきで、恐らく将来にわたって、一つの定説となるすぐれた評価といえる。

そして、ヨルバ語の文語的特性と言語的慣例を英語に仮託したチュツオーラの実例の特質を、オグンディペはいくつか例をあげて説明してくれている。

(1)日本の祝詞《のりと》や経文を連想させる、段落の少ない、息の長い句や文と、句読法を用いることによって、チュツオーラは、呪文的効果をあげることに成功していること。

(2)ヨルバ族は、言語のレトリックや言葉そのものを愛する風雅な部族である。そんなヨルバ族特有の語あそび《ワードプレイ》を随所に挿入しながら、ゆったりとした伝統文化の良さを堪能させてくれると同時に、時には鋭利なユーモアを利かせている点。

(3)「わたしたちは、「笑の神」の笑いを笑っていた」といった表現にみられる、言葉に対する愛着によって、西洋近代劇の基となった、中世の奇蹟劇や道徳劇の趣向を私たちに想起させてくれる点、などである。

その他にもオグンディペは、疑問文・接続詞・時をあらわす副詞の用法にふれているが、ここでは、この辺にとどめておこう。

結論として言えることは、チュツオーラの作品は、内容の面からは、ヨルバ伝承を基礎においての、チュツオーラのゆたかな想像力の見事な結晶であると同時に、文体の面からは、ヨルバ語およびその語法を基礎に、ヨルバ語の文を適正な英語に移し替えながら彫琢を加えた、すぐれた芸術品であるということになる。そして、チュツオーラの作品の評価を決定づけるカギをにぎっている大きな要因の一つは、この内容・形式両面間の均衡の問題、つまりいかにそれらが調和しているかにかかっていることはまちがいない。

## 神々の季節――注釈風の解説

「わたしは、十になった子供の頃から、やし酒飲みだった。わたしの牛活は、やし酒を飲むこと以外には何もすることのない毎日でした」ではじまるこの『やし酒飲み』の主人公は、大金持ちが至福の理想である、とりわけ貧しいアフリカ社会では、結構な御身分の御大尽ということになる（暑くて、水質の悪い熱帯で、やしの実の天水が、いかに貴重な生命の水であるかは、熱帯地方の生活経験者なら熟知のことだし、その美味さは骨の髄にまで沁みとおっているはずだ）。しかし、この至福の主人公にも、十五年目に思わぬ不幸がおそってきた。父の急死と、そのあとを追うように、「やし酒造り」の死、そして友人の離散である。「やし酒飲み」が、「やし酒造り」のいどころを求めて旅に出る重要な契機になったのは、この「特権的生活からの転落」であると、W・カーティは説明している。彼は、ありったけのジュジュを身につけて旅に出る。そしてまず老人に会い、「ナゾ」をかけられる。チュツオーラは、その前に、「彼（老人）は神であったが、わたし自身も神であり、ジュジュマンだった」と紹介し、老人に名を訊かれたやし酒飲みに「わたしの名は、この世のことなら何でもできる〝神々の〈父〉〟」といわせている。ここから読者は、神々の国に、神話の世界に参入する。ユングのいう、人類の集合的無意識の世界といっていいのかもしれない。そしてここから神々の季節が復活する。しかしその神々は、ちょうど戦前まで、神道の神々が日本人の生活にとってリアルであったように、アフリカ人にとってリアルであることを銘記しておかねばなるまい。やおよろずの神が乱舞する『やし酒飲み』の中から、その中心の神々、「死」の神、「天」の神、「地」の神について、紹介しよう。

## 死の神

『やし酒飲み』の季節は、神々の季節である。したがって、ここには、森林《ブッシュ》の恐怖はあっても、死の恐怖はない。むしろ、『古事記』を連想する、反キリスト教的異教の世界だ。「生」と「死」は、人間集団としては連続していても、個人としてけ、非連続の、別個の世界である。「死」の恐怖がないのも、この非連続のせいだし、この物語が逆に、ふしぎな生命力の躍動を感じさせるのも、そのためだろう。恐怖はむしろ、生命力のばね板になっているといっても過言ではない。

さて、この物語で最初に「死」のイメージが登場するのは、「死神《しにがみ》」を捕えてつれこいという老人(神)の「ナゾかけ」のくだりである。ここでは死神の生態は、「死の道を通って、死神の家に着いた時、彼は近くのヤム園にいた。「この世の中の人々を殺すことだけが、自分の仕事だ」と彼はいう。そして家の中は、一世紀このかた彼が殺してきた人々のガイ骨だらけで、皿や鉢に頭ガイ骨を使い、タキギにもガイ骨をくべる。そして、一切の生物からは孤立して住み、一度死の家へ行くと、二度と帰れぬのだ」というように叙述されている。そしてチュツオーラは、わたしは「「死神」の家から「死神」を連れ出したその日から、「死神」には永住の場所がなくなりました。わたしたちがこの世で「死神」の名をよく耳にするようになったのは、そのためなのです」と、ユーモアをきかす。

「死者の町」のくだりでは、死者は、「生者と反対に後ろ向きに歩き、とりわけ血を嫌う」「死者が死ぬとすぐに死者の町へ行かないで、二年間さる場所で訓練をうけ、完全な死者の資格をとってから、死者の町に受け入れられる」「死者の国では、独自の名まえと、死者同士意志が通じあう独自の合図がある」といった具合に描かれ、さらに「死んだ人間は生者と一緒に住むわけにはいかないし、両者はそれぞれ個別の特性をもっている」「彼らの仕草を見ていると、その仕草はわたしたちの仕草と全然対応しない」「死者が死者の町でしていることはすべて、生者にとって正しいとはいえないし、また逆に生者がしていることは、死者にとって正しいとはいえない」といった叙述から、生者と死者の世界は、全然別個の、非連続の世界であるというアフリカ人的世界観がチュツオーラの構想の中にあることが、はっきり読みとれる。この非連続の論理を盾に、やし酒造りは、一緒に自分の町に戻ってほしいというやし酒飲みの懇請を拒否するわけだが、G・ムアはこの辺の事情を「生者は死者と一緒に住めないのだから、死者は生者と一緒に戻るわけにはいかないと、やし酒造りは、彼に、悲しそうに説明する。そしてここで、やし酒飲みの真の奥義伝授が成立する。というのは、これによって彼は、牛と死の真の奥義を究めるのだ。これは、『古事記』に出てくる、日本の伊邪那岐《いざなぎ》・伊邪那美《いざなみ》（黄泉比《よもつひ》良坂《らさか》を隔てた両者の対峙を指す）の古代神話と興味深いパラレルだ」と説明している。そしてこの非連続の論理と表裏一体の関係にあるのが、実は世界の神話に共通の「縄ばりの掟」である。特に『やし酒飲み』では例えば、「縄ばりの掟があって、この長身の白い生物たちは、絶対に、ほかの森林には侵入しなかったし、また彼らは火にぞっこん惚れこんではいたものの、原野にまで足をふみ入れるようなことは絶対にしなかったのだ。そして原野の生物も、彼らの森林には絶対に入ってはならなかったのです」とか、「誠実な母」の白い木とか、あるいは、姿を小石に変えて、山の生物たちの追跡を逃れた川（G・ムアによれば、「この川は、いうまでもなく、〝帰還の閾〟であって、あらゆる神話の掟によれば、主人公を追跡してきた者は、絶対にそれを渡ることはできないのだ」）のくだりの例にみられるように、この掟のお蔭でやし酒飲みは、何回となく危機一髪の危難を逃れている。そしてこの掟も、もっとリアルに考えれば、実は、アフリカ人の部族主義の端的な反映であるし、多数部族が平和裡に共存するため、相互に相手部族の主権を尊重し合うという、生活の知恵の所産といえよう。

最後に、帰還の途次、黙々と「死者の町」に急ぐ千を超える死者の群とすれちがうくだりでは、「彼らは、死者たち同士では、一切口を利かず、またしゃべる時でも、その言葉ははっきりと聞きとれる言葉にはならず、なにかブツブツつぶやいているようだった。そしていつも、悲歎にくれているような素振りで、目は荒々しく、褐色で、身には、シミ一つ付いていない、純白の着物を身にまとい……生者を見ただけでもムカムカする」と述べ、「赤ん坊の死者」たちがこのくだりではとりわけ狂暴に、やし酒飲みたちに襲いかかる。この件に関して、オグンディペは「死者の中でもとりわけ赤ん坊の死者が、ヨルバ部族民の心に、もっとも悲惨なものと映るのだ。というのは、アフリカでは乳幼児死亡率が異常に高いため、アフリカの他の部族民と同様、ヨルバ部族民の心情は、とりわけ子供たちの悲惨な運命に苛責を感じているからだ」と説明する。

結局、この物語に現われた限りでのアフリカ人の「死」観は何か、ということになると、オグンディペの「死は、ここでは恐怖に値しないし、むしろ、やし酒飲みと死んだやし酒造りの邂逅のくだりで、チュツオーラが鋭く明示しているように、生者と死者の二つの世界は、別個の世界ではあるが、同時に共存するものである。つまり、ここに存在するのは、別個の世界だという知覚と容認であって、西欧人の意識の中に見られるような、死者に対する、急激な恐怖の反動とか、身の毛のよだつような畏怖などは微塵もない」ということになる。

## 生の神

やし酒飲みは、白い木の主「誠実な母」のもとを去って、赤い森林《ブッシュ》に入り、素戔嗚尊《すさのおのみこと》のオロチ退治よろしく、赤い魚と赤い鳥を退治して、赤化された住民を救い出すくだりは、この物語のクライマックスである。そこには、「生」のイメージが横溢しているからである。そして、住民たちが「赤い町」を出て、流浪を重ね、新しい町を建設し、甦った平和を祝う祭典は、生の神々の、充溢した躍動する生命の、饗宴である。その祝典に招待された「ドラム」と「ソング」と「ダンス」について、チュツオーラは、「「ドラム」がドラムを打つぐらいに、ドラムを打てる者は、この世に一人もいなかったし、「ソング」がソングを歌うぐらいにソングを歌える者はいなかったし、また「ダンス」がダンスをおどるぐらいにダンスをおどれる者は、一人としていなかった」。さらに「「ドラム」がドラムを打ちはじめると、百年来死んでいた人々がみな一斉にムックリと起き上って、「ドラム」が打っているのを見んものと、方々から集ってきた。また「ソング」が歌いはじめると、新しい町の家畜や森林の動物やヘビまでがみんな、人間に姿を借りた「ソング」を一目見んものと集ってきた。そして「ダンス」がダンスをはじめると、森林の生物、精霊、山の生物こぞって、それに川の生物までもが、ダンスをしている人を見ようとして、町に押しかけてきた。そしてこの三人の仲間が同時にスタートした時には、新しい町の住民全部、墓から起き出してきた人々みんな、それに動物、ヘビ、精霊、そのほか名もなき生物たちが一斉に、この三人組と一緒におどり出し、わたしは、生れてはじめて、その日に、ヘビが、人間とかほかの生物より上手におどるのを見たのだった」と描写しているが、これはまさに、自然の、生命の一大交響楽であり、至芸よく石をも動かすの類いである。「彼らはやがて、自分たちは所詮この世の者でないことをさとって、「ドラム」はドラムを打ちながら天国へ、「ソング」は大きな川へ入り、「ダンス」は山になり、その日限り彼らは消息を断ち、二度と、人間に姿を借りたこの三人の仲間の姿を見かけることができなくなり、死者も墓へ戻り、以来二度と起き上ることはなかった」と、チュツオーラの描写はつづく。

この新しい町に滞在すること一年、やし酒飲みは大金持ちになるのだが、大体において、アフリカの物語の中で、ドラム・ソング・ダンスが登場すると、きまって、至福の、法悦の、楽園を象徴しているようだ。つまりこの三つは、アフリカ人の生活に密着し、さらに心の深層に深く根を下し内質化した生命の、悦びの根源として、アフリカ人にとって特殊な意味をもっているからだ。そしてこれらがしばしば擬人化され、あるいは神格化されて用いられるのも、その証左である。殊にドラムについて、ここでJ・ヤーンの面白い説を紹介しておこう。「アフリカ人は、情報を伝達するのに、アルファベットを必要としなかった。その代りに、ドラム語を発達させた。それは、騎馬による使者より早く、電信電話よりも、大勢の人に同時に情報を伝達できるから、ヨーロッパの書くという伝達手段より、はるかにすぐれている」「二つの皮膜をもつダンダン dundun は、ヨルバ部族の話し太鼓の中でももっともありふれた、俗用されている太鼓の型であるが、これはヨルバ語を表現するのにとりわけうってつけである。というのは、このドラムは、あらゆる抑揚ばかりか、あらゆる調子を再現できるからだ。つまり、ドラムは、皮膜に連結している皮ヒモを左手にもって、それを引っぱれば引っぱるほど、ますますドラムの調子が上がるのだ。ヨルバ語では事実、母音とか子音よりも、音の高さ《ピッチ》が重要なのだ」。事実ヨルバ語は、tonal language といって、同じ綴りでも発音の高低抑揚の違いによって、意味が異なってくるのだ。そしてこのように生活に定着したドラムは、さらに、'Creator's Drummer' 'Divine Drummer' という形で、口承文学の担い手として、伝統の仲介者として、神格化され、アフリカの歴史を伝える者として、部族社会の中枢に座を占めることとなる。チュツオーラの作品によくでてくる「四マイル離れた人の耳にもまっさきに入るような大きな声(または音)」という表現も、このようなコンテキストから考えれば、納得できよう。

さて話をもとに戻すが、やし酒飲みの旅は、決して、悪意にみちた自然、恐怖の森林《ブッシュ》の旅の連続ではない。時には、善意にくつろぎ、ホッと救いの息をつくこともある。チュツオーラの考えるユートピアである。そしてその場面では必ずドラムとダンスとソングが登場する。「白い木」(本文八十八頁)と「幽霊島」(本文五十八頁)は、その意味でユートピアであり、「赤い町」(本文九十四頁)は、逆ユートピアである。「白い木」は、G・ムアによると、釈迦が成道した「印度ボダイ樹」であり、ギリシャ神話の「ヘスペリデスの楽園の黄金のリンゴ樹」であり、「エデンの園の知恵の木」のシンボルである。一方、M・ロレンスによると、「生命の木」Tree of Life であり、その主である「誠実な母」は、女神、「大地の母」の原型である。そしてコリンズは、彼女は恐らく白人だろうと推断している。

## 生と死の間に

チュツオーラの世界は、人間と神が未分化の神話の世界、無気味さを秘めた暗黒の、戦慄の森林《ブッシュ》と、そこに棲息する悪鬼どもに象徴される威圧的な悪意にみちた自然に拮抗し、人間の尊厳と根源的エネルギーを誇示する世界である。つまり、「死」と「生」の間《はざま》に立たされた人間が、「変形」metamorphosis とディレンマ説話を媒体として、「死」を圧倒し、「生」を拡充してゆく世界である。したがってやし酒造りのいどころを「探求」して、地獄を遍歴するやし酒飲み唯一の頼みの綱は、ジュジュを使っての「変形」であり、ディレンマ説話に内包する、部族伝承の叡智だというわけだが、そして事実やし酒飲みは、この二つを的確機敏にまさに芸術的完璧さで駆使して、いくたの危難を切り抜けるのだが、この「変形」について、オビエチナは、カフカのそれと対比させながら、その異質性を次のように鋭く指摘する。

「幸いにして、〔威圧的な自然を前にして〕人間は、自らの生命力を、魔法の力によって強化できる。悪鬼の危害が迫ると、人間は、魔術によって、自分を他の姿に変えることができた。〈変形〉は、人間に、護身の手段と同時に、魔法の力を示す能力を、提供してくれる。カフカの〈変形〉は、非活動化の過程、つまり不可解な、不吉な諸々の力と対峙した時の人間の萎縮した状態を示す過程であるのに対して、チュツオーラの場合、人間は、こういった敵意ある力の脅威に拮抗して、それら諸力を挫く力と能力をもつ者として描かれている。……カフカの場合、人間は、冷酷な〈運命の女神〉の、無力な犠牲者にすぎないが、チュツオーラの場合、〈運命の女神〉を打ち挫く、すばらしい魔法の力の、誇り高き所有者である」

さてこの「変形」を可能ならしめる魔法の力、つまりジュジュについて、ここで一言ふれておこう。

J・ガンサーは、ラゴスを訪問して、「当然のことながら、わたしたちはジュジュ店で一ばん長い時間をかけたが、その店でサルの頭蓋骨のような、霊験あらたかな魔法の宿る物体を見かけた。そしてその他に、小さな金鳥の屍、棒に突き刺されたまま乾き切ったハツカネズミ、オームのくちばし、小さな気球のようにふくれ上った胃袋、羊の腸の束、蛇の毒牙、薬草で作った「幸運の粉」、腐敗する過程のいくつものヘビの頭などが並べてあった」と言っているように、ジュジュの神体は、特定の物体に限定されないようだ。しかしそれでも決して無制限ではなく、それぞれのＴＰＯに応じて、適正に使用しないと効果はない。この『やし酒飲み』の物語では、町の長の娘は料理した特定の木の葉を食べると、呪文が解け、口が利けるようになったし（本文三十六頁）、特定の植物の葉をしぼってその汁を目に注ぐと、意識が回復しているし（本文一四四頁）、また「ジュジュを準備するのにうってつけの木の葉が見えてきたので……危険な生物に出あった時はいつでも、またどこででも、わたしたちを救ってくれるジュジュを四種類ばかり準備した」（本文一四六頁）とあるように、森林《ブッシュ》の旅では、当然のことながら、特定の樹木の葉がジュジュの神体ということになるようで、例えば日本流に直せば、樹木を守護する「葉守の神」が鎮座しますといわれる柏《かしわ》の木とか、大祓《おおはらい》に使われる榊《さかき》の神木の類いであろうか。

もう一つのディレンマ説話の方は、すでに「恐怖」対「モラル」の項で触れておいたように、アフリカ人の行動倫理の主体性を支える規範としての「モラル」を、いわば堆肥のようにその内側から肉づけし、その「モラル」の内実の実質的充実をはかる重要な成分であり、部族伝来の集合的叡智の総量である。したがって、例えばケニアのキアマ

（長老会議）にみられるように、アフリカの各部族とも、法と慣習にまつわる、さまざまな紛糾した問題の解決とか、その他部族枢要の問題を裁定する最高決議機関として、長老会議をおいているのは、このような部族伝承の叡智に対するアフリカ人の尊崇の端的なあらわれだといえる。またこのディレンマ説話が、例えば「この森林は、心にとって、恐怖の種ではありましょうが、決して危険ではないでしょう」（本文九十四頁）、「すばらしくよく働く労務者ではあるが、将来きっとすばらしい泥棒にもなりましょう」（本文一一三頁）、「このことによって短い期間、一時的には女を失うことにはなりましょうが、男を恋人から引き離す期間はもっと短いものになりましょう」（本文一〇一頁）などの予言的判じものや、ナゾかけなどと混じりあいながら、この物語の魅力を支える太い柱として、『やし酒飲み』に、知的な生命力を注入していることも確かである。その時点で「モラル」は、もはや通俗的な意味での「道徳」の領域を脱俗し、純化され、知的芸術の領域に昇華しているからだ。

## 地の神と天の神——母権社会から父権社会へ

「死んだやし酒造りを探し求めて、死者の町まで行くやし酒飲みの遍歴は、伝説物語によくみられる〝地下世界への探求〟である。……この物語は、死んだやし酒造りの発見で終わらず、飢餓の救済で終わっているが、これは、ヨルバ部族の天地創造の神話にみられる宇宙論的フィナーレである」とH・R・コリンズがいう、この物語の結びの「天の神」と「地の神」の争いを、G・ムアは、アフリカが母権社会から父権社会へと移行した契機として捉える。つまり母権の守護神、古き母なる大地の女神が、天の男神に屈伏し、最高神の座を譲る時点から、アフリカの父権社会が始まるというのだ。アン・テイブルは、「〝地の神〟をチュツオーラは、'he'で受けているから、〝天の神〟、〝地の神〟は、ともに男性だ」(『英語圏アフリカ文学』)と主張して、ムア説を否定しているが、M・ロレンスは、「確かにチュツオーラは、地の神を男性として扱ってはいるが、神話の発展段階で、女権から男権への移行、つまり宗教の起源である大地の母に対する尊崇の代りに、天にましますわれらが父なる男性神を尊崇するにいたる変化は、各文化圏共通の現象であり、ヨルバ神話も、これとパラレルだ」と言い、ムアの解釈を基本的には正しいとして支持している。さてこのフィナーレの箇所で、もう一つ言っておかなくてはならないことは、天の神に供物を捧げる使者として、奴隷が立ったことである。

「これは、神と直接対決することはきわめて危険であると考えられていたために、調停の供物を天の神に運ぶ仕事が奴隷に定められるという伝統的信仰に、チュツオーラが、つとめて忠実であった典型的な例である。供物を運ぶ仕事を拒否しないのは、自由選択の権利のない奴隷だけである。そして使命の達成は、他の人々との交わりを断つことを意味する。つまり、直接神と交渉をもったが故に彼の人格は神聖になり、一般の人々の安全にとって危険なものになるのだ。こういう考え方は、遠い昔、神々に対して、仲立《なかだち》の儀式を執り行なった高位の司祭層を形成していったイボランドの奴隷カースト、オスOsuにも当てはまる。彼らの人格は、そのために神聖なるものとみなされ、そのため彼らの血を流したり、頭を剃ったり、そのほか彼らと肉体的、社会的に何らかの接触をもつことは、禁忌とされた。彼らの社会的機能がもつ聖なる性格は、彼らの身体にまでもちこまれて、彼らを社会の除け者扱《アウトカースト》いにするようになり、彼らの子孫の境遇は、最近まで、東部ナイジェリア政府が直面するもっとも深刻な社会問題の一つにまでなっている」と、E・N・オビエチナは言っている。またアフリカ最大の作家の一人で、イボ族出身のC・アチェベの作品でも、例えば『もはや安楽なし』では、オス出身の女との結婚に反対されたオビが破滅したり、『部族分解』では、社会の除け者(不満組)を利用して白人が部族の解体を促進したりして、この賤民が筋の展開の決定的要因の一つになっている。このように、奴隷の運命は、その後のアフリカ史に大きな暗い影を落とす社会問題を内に孕んでいた点を指摘しておきたい。なおM・ロレンスは、この奴隷を、〝他の鳥から軽蔑されていたため、自ら進んで両の神に供物を運ぶ使者に志願するのだが、使命を果して帰ってきても相変らず、仲間の誰からも相手にされない除け者であった〟ハゲタカの代替物のチュツオーラ版だと言っている。

## 落穂拾い

### アフリカ人の芸術観

J・ヤーンは、「物」に美をみる唯物論的西欧美学に対して、「物」を解体しその解体された部分を有機的に再構築する創造的機能、つまり、Force に美をみるアフリカ美学の典型例として、批評家たちの必ず引用する、「笑」の美学の箇所(本文五十七頁)と、完全な紳士(この紳士の美も、実は解体すれば、一個の頭ガイ骨にすぎなかったのが象徴的)の美の箇所(本文二十八頁)をあげている。そして例えば、この物語の中で「わたしは、この神(戦さの神々)に、擬声を使って、彼に事情をうち明けた」とか、「彼は、擬声を使って、太鼓（ドラム）に命じた」という形で表現されている'a kind of voice'の中に、わたしは、人間と神およびドラムの間に、目に見えない生命の、Force の交流があるのを、つまり目に見えざる絆で結ばれているのを見てとるのだ。そういえば、この物語自体が、さまざまなForces が奏でる壮大なシンフォニーともいえるし、恐らくこの物語が読者にアピールする魅力の秘密は、もろもろの Forces が見事に、芸術的に定着している点にあるといえる。ちなみに、ナイジェリアの詩人G・オカラが、モラル・アレゴリーといわれるその唯一の小説『声』Okolo で追求しているのも、決して生理的機能としての声ではなく、キリスト教の'calling'（召命）にも照応する、〝生の意味〟〝内なる光〟つまり有機的 Force のことである。

『やし酒飲み』の時代的背景について

『やし酒飲み』の時代的背景について、H・R・コリンズは、傾聴すべき面白い説を立てているので紹介しておこう。

「チュツオーラの小説の時代的背景は、かなり正確にいって、一九世紀だと断定して差支えなかろう。一九世紀は、ヨルバランドが全面戦争、部族戦争、夜盗戦争、奴隷戦争など、数々の戦争に明け暮れた時代だった。かつては、西部ナイジェリアおよびダホーメという広大な地域に君臨していたオヨ大帝国〔ヨルバ部族〕が崩壊しはじめるのが、ほぼ一八一〇年頃であった。

北方の部族長は、オヨの王権に反逆し、進貢国も、オヨの宗主権を認めることを拒否するようになった。更に北からは、回教徒フラニ族が、はるか南のアベオクタまで侵入し、オヨ帝国の北部は、完全にフラニ族エミルの支配下に入り、南部ではほぼ一世紀にわたって、部族長の間で、破壊的な内乱が続いた。

この社会の無秩序な混乱状態は、白人の奴隷狩りを刺激し、白人たちは銃を売って代りに奴隷を買い漁って行った。そしてチュツオーラの生れたアベオクタは、こういった安全を求める難民と、奴隷狩りの集散地になったのだ。いやしくも教育ある西アフリカ人ならば、チュツオーラの作品の中に、こういった厳然たる政治的リアリズムを嗅ぎとって頂けることと思う。もう一つ、チュツオーラの小説の背景になっている一九世紀のヨルバランドには、白人が若干いたことも認めなくてはならない。すでに一八四四年に、英国国教会派の伝道協会教会が、アベオクタに伝道団を設置しているし、その直後メソジスト派の教団も設置されているからだ」

と言って、コリンズは、大体一八一〇年頃をその時代背景に設定している。この観点から彼は、『やし酒飲み』に登場する銃と奴隷は、この時代の反映だし、それに、白い木の主「誠実な母」は、どうも白人らしいと推断するのだ。

## むすび

最後に、チュツオーラの評価についてひと言述べたい。ディラン・トマス、V・S・プリチェットをはじめ、西欧・アメリカ文学界からは、第一級の賛辞を受けているのに、かんじんのナイジェリアでは、チュツオーラの評判は必ずしもよくない。この原因は、J・V・ムルラの指摘する「1、伝承的民話の盗作にすぎない。2、現実に役に立たない神話的思考法を奨励している。3、西アフリカ文学を袋小路に追いやる危険がある。4、高圧的な西欧人に、迷信を信じるナイジェリア人というイメージを与え、植民地支配・保護政策継続の口実を与える」(『ネイション』誌、一九五四年九月二十五日号)点と、

G・ムアやM・ロレンスの指摘する「風変りで不正確な英語語法」にあるようだ。つまり、J・ガンサーが「ナショナリストたちは、ジュジュについて話すのを嫌うのと同様、ピジン英語を使うことをいやがる。これらは、彼らにとって廃棄すべき古き因習なのだ」という、独立を悲願するナショナリストやインテリたちの忌み嫌う要素を、チュツオーラの世界がまさに具備していたからだ。

しかし、独立の地歩もようやく固まり、ヨーロッパ近代の価値観の衰退が際立ち、むしろアフリカ人の根源にある伝統的な価値観の発掘が急務とされてきた昨今では、事情が一変してきていることは、例えばオモラ・レズリー、オグンディペ、E・N・オビエチナ、B・リンドフォースらの学者によるチュツオーラ再評価にもみられる通り、周知の事実であり、本稿をお読みいただければ、チュツオーラの宇宙論の実体と併せて、その点も十分に理解していただけるものと思う。さらにいえばアフリカの伝統社会とその近代化との接点の時期に取材したチュツオーラの作品は、今後とも比較文化の視点から一層の注目をひくものと思われる。晶文社がこんど十年ぶりに本書の再版に踏み切られたのも、また一九八〇年十二月、遠藤琢郎脚本演出の仮面喜劇『やし酒飲み』が、わが国で初めて〈アトムの会〉の若い方々の集団演技（コロス）で上演され、さらに好評のうちに再上演されたのも、こうした日本人の比較文化面からの関心を反映してのことではないかと私は心ひそかに思っている。この上々の評判に力を得て〈アトムの会〉の面々は今後もこの芝居を大切に温めながら、より完全なものへと磨き上げて行く意気込みとも聞いている。

ところでチュツオーラ文学を理解する上での参考文献を一冊だけ挙げよといわれれば何をさしおいてもBernth Lindfors編 *"Critical Perspectives on Amos Tutuola"*(Three Continents Press: Washington, D. C., 1975)を推したい。この一冊には前記研究家のチュツオーラ論をはじめ、チュツオーラの各小説が出版された当時の各新聞・雑誌にのった書評が収録されていて、便利で貴重な研究資料になっている。

さて、この解説――特に「神々の季節――注釈風の解説」の項は、私の「チュツオーラ論」というよりはむしろ、読者が『やし酒飲み』を味読される場合にいろいろと思考をめぐらすそのための資料として綴ったものであり、したがってチュツオーラの作品が内包する問題の所在を理解していただくためには、まずはじめにざっとこの解説に目を通され、さらに本文の読後に改めてこの解説を読み直していただければ幸いである。最後に私ごとで恐縮だが、一九七三年と一九八〇年の二回、チュツオーラと会って私が得た彼の印象と思い出を記してむすびとしたい。一口で言えば、チュツオーラはとても無口ではにかみ屋、一徹な律儀者といった感じで、鋭い直感力の持主との印象を受けた。七三年に、現在アフリカ文学研究の第一人者として指導的役割を果たしている、リンドフォース・テキサス大学教授に伴われてナイジェリア放送協会のイバダン支局にチュツオーラを訪ねた時、彼にこの晶文社版の訳書を献じたら、右から左へと読んでゆく縦書きの本は生まれて初めて見たこととて、本を縦にしたり横にしたりして、大そうに喜んでくれた。その時イバダン大学図書館にもこの訳書を寄贈、その時手渡した図書館側の司書がなんとショインカ夫人で、夫人の口から私のことがリンドフォース氏に伝わり、そんな奇縁で当時資料収集と講演にイバダンに来ていたリンドフォース教授とも知り合い、以来私のアフリカ文学研究が教授との長い友情交流を通して大きくふくらんだことを思えば、この訳書は私の人生を大きく左右した貴重な因縁の書ということになる。八〇年には今度はオモラ・レズリーさんの案内でチュツオーラの自宅を再訪したが、その時話がたまたま彼の小説がいまもってナイジェリアでは人気がなく、不調であることに及び、慰める意味合いもあって別れ際に、でも「アフリカ人の作家の中では、あなたの名まえが日本では一番よく知られていますよ」と誘い水を向けると、彼は、「わたしの本はナイジェリアでよりは他の外国でよく読まれているのだ。わたしはインターナショナルな作家なのだ」と、胸をはって誇らかに答えてくれたその意気軒昂とした姿が、いまでも目の前に浮ぶ。ところで、この本が一九七〇年に初めて日本の読者にお目見えしてからすでに十年の歳月がたっている。その間、この『やし酒飲み』との出会いを興奮をもって私に語ってくれた方を何人か知っている。晶文社にも時折ぜひ読みたいという読者からの問い合わせがあるときいている。そんなこともあって、第三世界の文学作品が十年ごしに再版されるという、日本の出版界では到底考えられもしないことがいま晶文社の方々のご好意で実現する運びとなったわけで、この本に数々の思い出を刻む私にとって感ひとしおのものがある。

（一九八一年五月）

# 異質な言語の面白さ
## ――飢餓と陶酔の狭間で

多和田葉子

わたしが「やし酒飲み」と出逢ったのは早稲田大学文学部露文科の学生だった頃のことで、偶然図書室で眼に飛び込んできた背表紙の「やし酒飲み」という題名から見えない手が伸びてきて、わたしの手をつかみ、ぐっと引っぱり込んだ。恐ろしいほどの握力だった。

読み始めてすぐ快い衝撃を受けた。「だった」と「ですます」が混合した凸凹な文体。日本語が制服を脱ぎ捨てて、走り始める。こんな日本語もあるんだ、という驚き。原書が英語なのだということに改めて気づき、さらに強い驚きを感じた。つまり、作者が日本語の「だった」と「ですます」を混ぜたわけではなくて、原典の英語の中にすでに何かそれにあたる特色があって、訳者がそれを日本語に置き換えて考えて再演出したということになる。その面白さがこのようにはっきりと伝わってくるのだから、翻訳というのはすごいものだと思った。わたしはそれから十何年かしてから自分の小説の中で「だった」と「ですます」を混ぜてみることになるが、初めにアイデアをくれたのはこの本だったかもしれない。

題名の「やし酒飲み」からして、日本語としてちょっとだけズレているところがとても魅力的だが、どこがズレているのかと訊かれると説明するのはけっこう難しい。「酒飲み」という日本語はよく聞くけれど、「葡萄酒飲み」というのは聞いたことがない。

考えてみると、わたしのまわりのドイツ人たちは「珈琲飲み《カフェ・トゥリンカー》」とか「紅茶飲み《テー・トゥリンカー》」という単語をけっこう使う。どちらかしか飲まない人が多いのだ。お酒についても同じで、「ワイン飲み《ヴァイン・トゥリンカー》」は基本的にビールは飲まないし、「ビール飲み《ビア・トゥリンカー》」はいつもビールを注文する。自分はこういう物を飲む人間なんだ、という主張が感じられる。日本語でも「わたしはコーヒー派」となど言う人はいるが、それは自分はコーヒーを飲む人間である、と個性を主張しているのではなく、コーヒーを飲む派閥があると仮定して、自分はそこに属しているというニュアンスがある。ドイツで「コーヒー、紅茶?」と聞かれてわたしなどはよく「どっちでもいい《エガール》」などと答えてしまうが、そうすると

「どっちでもいい《エガール》という飲み物はない」と言って叱られることさえある。自分はどういう人間なのかはっきりしなさい、とでもいうように。

　それにしても、「わたしは、やし酒を飲む人間である」というのは随分ラディカルなアイデンティティーの提示だと思う。原題の「The Palm-Wine Drinkard」にあるDrinkardという人造語は、Drinker（飲む人）とDrunkard（大酒飲み）を足して二で割ったようだという管啓次郎さんの指摘を聞いて、なるほどと思った。ただの大酒飲みなら酒に飲まれているだけだから自分はどういう種類の酒が好きだと自慢しても笑われる。しかしこのやし酒飲みは、たくさん飲むけれどそれはやし酒でなければいけないのだ。それどころか、一日中やし酒を飲んでいて他のことはしない。それが彼の人生の内容なのだ。そういう人は今の世の中なら「ニート」と呼ばれるのではないかと思う。

　「ニート」というのは俗語かと思っていたら、驚くべきことに日本の厚生労働省も公式に使っている言葉だそうで、その定義もちゃんとあるらしい。十五歳から三十四歳で、学校にも行っていないし仕事にもついていなくて求職活動をしていないし主婦でもない人のことを正式にニートと呼ぶらしい。しかし、この小説の主人公などは、もしも日本の厚生労働省の役人に「あなたはニートですね」と言われたら、「いいえ、違います。わたしは、やし酒飲みです」と堂々と答えるのだろう。自分が何者であるのかは自分で決める。それは必ずしも職業でなくてもいいのだ。でも仮にやし酒を飲むことが職業だとしたら、どういう職業だろう。呪術師、祭事を行う人、シャーマン、あの世とこの世を結ぶ人、などの言葉が浮かぶのは、お酒というものがもともとは神々に捧げる供養物でもあったからだろう。「やし酒飲み」の物語も酒を飲むことで始まり、最後は供養で終わる。

「やし酒飲み」はなんと十歳の時からやし酒ばかり飲んでいるそうで、学校に通った様子もない。弟たちは働き者だと書いてあるが、彼は長男だからこそシャーマンの後継者としてエクスタシーに至る練習を積むため飲んでいたのかもしれないし、甘やかされた怠け者のどら息子だったのかもしれないし、もしかしたら学校へ行かれない理由があったのかもしれない。

話は急に現代の現実のアフリカに飛ぶが、去年、南アフリカのタウンシップに行った時、学校に通っていない子供たちが通えるようにするプロジェクトを紹介してもらった。子供が学校に行けるようにするのは大人の義務であり、その義務が果たせない状況は悲しい。でも学校へ行けない子供たち自身は悲しみと自己憐憫に常に打ちひしがれているわけではない。仕事をしたり笑ったり遊んだりして、独自の小宇宙をつくって生きている。その幸せ感は尊重しなければいけないし、だからと言って大人が「本人が幸せなんだから問題なし」と言うことはできない。問題はあるのだ。

未就学問題と飢餓問題は切り離せない。子供に食べさせる物さえ充分になくて学校に行かせるどころではないという親が多いので、ある学校ではできるだけたくさんの子供たちが通学してくるようにお昼ご飯を無料で提供していた。

十歳の時から飲んでいると聞いてわたしがまず思い出したのは、インドで空腹を忘れるためにハッシシを吸っている子供たちのことだった。「やし酒飲み」の主人公は、飢えについては語っていないし、父親は金持ちだったと言っている。しかしよく読んでみると、その金持ちの父の持つお金がタカラ貝だというから、私たちの考える「金持ち」とは意味が違うことがすぐ分かる。「タカラ貝」が邦訳では太字になっているのが印象的で、後で知ったことだが英語では大文字になっている。タカラ貝は一種の絶対価値であり、ドルとは交換しようとしてできないと分かった瞬間には無価値に見えても、それ自体の価値は失われない。その価値を見失わないこと、それと同時に飢餓の問題が扱われていることを見逃さないこと。そういう二本立ての読み方が必要だと思う。

この本の読者は冒頭から、とてつもない神話的世界に引き込まれる。しかし、「神話」という言葉をすぐに当てはめてしまわない方がいいのかもしれない。現代から遠い過去のもの、「現実」とは関係ない架空の世界、工業先進国から遠い場所にあるものという意味で「神話」と言ってしまうと、この本の面白さをいくつか取り逃がしてしまうかもしれない。だから敢えてわたしは本に書いてあることをすべて正面から、馬鹿正直に受けとめながら読んでみたい。

やし酒を飲むことで初めは自分だけは飢餓問題とは無関係な生活を送っていた主人公が、やし酒造りの名人が死んでしまったことで、恐ろしい森の奥に入り、次第に飢餓問題を自分の問題として引き受けるようになる。最後の方で手に入れた卵は一時的には無限に食べ物を吐き出して飢餓問題を解決してくれるのだが、そのうち調子に乗った人々が卵を壊してしまい、修理を試みたのだが、食べ物ではなくて鞭が出て来て、食べ物を出せという人々を鞭打つようになった。それでまたみんなが飢えることになる。初めはやし酒飲み個人の物語だったのに、いつの間にか「みんな」のことが問題になっている。

最後には、ある奴隷がご供物を天の神に届けることで、飢餓が二度と起こらなくなるが、これは完全なハッピーエンドではない。みんなを救ったのが主人公ではなくて奴隷だったというのも気になるし、この奴隷はみんなを救った後、社会から村八分にされてしまうのである。わたしは今、この本をどうしても3・11以降の日本の状況と重ねて読んでしまう。ただし、ぴったりは重ならないので、重ね方は読む度に違う。

日本で学生をしていた頃のわたしは恥ずかしいことにアフリカ文学のことなどは全く知らず、専門はロシア文学で、ドストエフスキーが好きで、他にはカフカなどを愛読していたが、まさか自分が卒業後ドイツに移住してドイツ語でも小説を書くようになるとは考えてもみなかった。ハンブルグ大学の学生だった頃は、フロイトの著作をまるで文学作品でも読むようなつもりで愛読したが、そのせいか、もしもフロイトが「やし酒飲み」を読んだらどう分析しただろうという問いが時々脳裏をよぎる。わたしの読んだ多くの小説の中で、「父親」は法を体現し、息子の欲望を禁じるために小説に登場してきた。息子は父親を乗り越え、最悪の場合は殺して、自己を確立する。ところが、このやし酒飲みのお父さんという人は、息子がやし酒ばかり飲んでいるのを見ると、やし酒造りの名人を雇ってくれる。何度読んでも笑えるこの部分を昭和の日本におきかえてみると、「お父さんは、息子がマンガばかり読んでいて勉強しないので、マンガが不足しないように専属のマンガ家を雇って毎日息子のためにマンガを描かせました」ということになる。このお父さんは息子と衝突することもなく、全く登場しない妻を息子と取り合うこともなく、理由もなく何も言わないで死んでしまう。しかも息子はそれを悲しむ様子もない。息子は、父親ではなく、やし酒造りの名人を捜して長い旅に出るのである。

椰子と言えばココナッツミルク、もしやし酒が母乳のように白く濁ったものだとしたら、そのやし酒を造ってくれる名人は母親のようなもので、主人公はそのミルクだけを飲んで暮らす永遠の乳児期を約束されているように感じていたのに、それが急に終わってしまった、と見ることもできる。

幼年期が終わって一人で冒険に出たのだから、それからは勇敢に振る舞うかと思えば、そうではなく、恐ろしい森林の中で、いつも怖い、怖いと言っている。ゲルマン神話の英雄ならば、あるいはドラゴンと戦う聖ゲオルグならば、日本のサムライと同じで決して怖いなんて言わないはずだが、やし酒飲み君は怖さを柔らかい感性で味わいながら、しかもしなやかに危険を免れていく。

この本に出てくる化け物たちは、怖いけれどもユーモラスで、必ずしも悪者ではない。時々「百鬼夜行」の絵を思い浮かべたりしながら楽しく読んだ。たとえば、何でも逆に行う逆さまの化け物などは傑作である。木に登るときにはまずハシゴに登っておいて、そのあとからハシゴを木にもたせかける。そんなことをしていたら、西洋に追いついて工業先進国になるのは無理だと思って、明治の日本人たちは江戸の化け物たちを町からも心の中からも追い出してしまったのかもしれないが、もしそういう化け物が棲んでいるような森林がまだ日本に残っているとしたら、高度成長という名のやし酒を飲み続けていられなくなったわたしたちはもう一度、その森林を通り抜けて、いろいろな化け物とつきあったり争ったりしてみて、どうすればみんなが飢えないでやっていけるのかということを考えなおした方がいいのかもしれない。

九〇年代に初めてニューヨークに行った時、ストランド書店の上の方の棚にこの本の原書が数冊並んでいるのを見てすぐに一冊購入した。とても美味しそうな装丁の本で、あれから十五年以上たった今でもこの本を手にすると、買った時の嬉しさがよみがえってくる。チュツオーラの英語を読んでいてひとつ思ったことがある。わたしも母語ではないドイツ語で長年、文学作品を書いていて、まわりにはたくさん移民作家がいるが、ドイツ語を母語とする人ではなくて、むしろドイツ語を母語としない人が同じくドイツ語を母語としない作家を批判するということが時々ある。優等生的にドイツ語を勉強し、アバンギャルド的な言語感覚を持ちえなかった人にとって、特に自分と同じ国出身の外国人が、「下手」なドイツ語を書いて発表しているのをみるのは耐え難いようで、なぜドイツ語を母語とする人たちがそんなドイツ語を魅力的だと感じるのか理解できない。その面白さが理解できるところまで自分のドイツ語の言語感覚が発達していない、あるいは言語観が狭いだけだということには気付かないようだ。そういう人たちが「下手」だと感じてしまうのは、たとえば、難しい単語をあまり使っていないとか、繰り返しが多いとか、話に飛躍があるとか、時制の使い方が変わっているとか、文の組み立てが単純であるとか、クライマックスも結論もなくずらずら続くパラタックス的な文章が多いなどの特色をさし、これはチュツオーラの英語についてもある程度言えることだろう。しかし、一見「下手」あるいは「未熟」にみえる書き方にもいろいろな質がある。それを一括して下手だと言うのは、パウル・クレーの絵を見て、下手だというのと同じなのだが、どうやら言語に対しては絵画の場合よりも偏見を捨てるのが困難なようだ。

わたしに言わせれば、語りの「いきづかい」が「いきおい」になって、死にかけた標準語文法をゆさぶり続ける文章は常に美しい。「やし酒飲み」はまさにその模範例と言えるだろう。

（二〇一二年八月）

〔編集付記〕

本書は土屋哲訳『やし酒飲み』(晶文社、一九七〇年)を文庫化したものである。今回の文庫化にあたっては、晶文社から一九九八年に刊行された〈晶文社クラシックス〉版を底本とし、「私の人生と活動」(管啓次郎訳)と「異質な言語の面白さ」(多和田葉子)を追加した。

(岩波文庫編集部)

やし酒《ざけ》飲《の》み　エイモス・チュツオーラ作

2012年10月16日　第1刷発行
2025年5月26日　第14刷発行

訳　者　土《つち》屋《や》 哲《さとる》

発行者　坂本政謙

発行所　株式会社 岩波書店
〒101-8002 東京都千代田区一ツ橋2-5-5

案内 03-5210-4000　営業部 03-5210-4111
文庫編集部 03-5210-4051
https://www.iwanami.co.jp/

印刷・理想社　カバー・精興社　製本・中永製本

ISBN 978-4-00-328011-9　Printed in Japan

# 読書子に寄す

——岩波文庫発刊に際して——

岩波茂雄

　真理は万人によって求められることを自ら欲し、芸術は万人によって愛されることを自ら望む。かつては民を愚昧ならしめるために学芸が最も狭き堂宇に閉鎖されたことがあった。今や知識と美とを特権階級の独占より奪い返すことはつねに進取的なる民衆の切実なる要求である。岩波文庫はこの要求に応じそれに励まされて生まれた。それは生命ある不朽の書を少数者の書斎と研究室とより解放して街頭にくまなく立たしめ民衆に伍せしめるであろう。近時大量生産予約出版の流行を見る。その広告宣伝の狂態はしばらくおくも、後代にのこすと誇称する全集がその編集に万全の用意をなしたるか。千古の典籍の翻訳企図に敬虔の態度を欠かざりしか。さらに分売を許さず読者を繋縛して数十冊を強うるがごとき、はたしてその揚言する学芸解放のゆえんなりや。吾人は天下の名士の声に和してこれを推挙するに躊躇するものである。このときにあたって、岩波書店は自己の責務のいよいよ重大なるを思い、従来の方針の徹底を期するため、すでに十数年以前より志して来た計画を慎重審議この際断然実行することにした。吾人は範をかのレクラム文庫にとり、古今東西にわたって文芸・哲学・社会科学・自然科学等種類のいかんを問わず、いやしくも万人の必読すべき真に古典的価値ある書をきわめて簡易なる形式において逐次刊行し、あらゆる人間に須要なる生活向上の資料、生活批判の原理を提供せんと欲する。この文庫は予約出版の方法を排したるがゆえに、読者は自己の欲する時に自己の欲する書物を各個に自由に選択することができる。携帯に便にして価格の低きを最主とするがゆえに、外観を顧みざるも内容に至っては厳選最も力を尽くし、従来の岩波出版物の特色をますます発揮せしめようとする。この計画たるや世間の一時の投機的なるものと異なり、永遠の事業として吾人は微力を傾倒し、あらゆる犠牲を忍んで今後永久に継続発展せしめ、もって文庫の使命を遺憾なく果たさしめることを期する。芸術を愛し知識を求むる士の自ら進んでこの挙に参加し、希望と忠言とを寄せられることは吾人の熱望するところである。その性質上経済的には最も困難多きこの事業にあえて当たらんとする吾人の志を諒として、その達成のため世の読書子とのうるわしき共同を期待する。

昭和二年七月

# 岩波文庫の最新刊

E・H・カー著／中村研一訳

## 平和の条件

第二次世界大戦下に出版された戦後構想。破局をもたらした根本原因をさぐり、政治・経済・国際関係の変革を、実現可能なユートピアとして示す。〔白二二－二〕 定価一七一六円

芥川龍之介選 澤西祐典・柴田元幸編訳

## 英米怪異・幻想譚

芥川が選んだ「新らしい英米の文芸」は、当時の〈世界文学〉最前線であった。芥川自身の作品にもつながる〈怪異・幻想〉の世界が、十二名の豪華訳者陣により蘇る。〔赤N二〇八－一〕 定価一五七三円

正岡子規著

## 俳諧大要

正岡子規（一八六七－一九〇二）による最良の俳句入門書。初学者へ向けて要諦を簡潔に説く本書には、俳句革新を志す子規の気概があふれている。〔緑一三－七〕 定価五七二円

レッシング作／笠原賢介訳

## 賢者ナータン

十字軍時代のエルサレムを舞台に、ユダヤ人商人ナータンが宗教的対立を超えた和合の道を示す。寛容とは何かを問うたレッシングの代表作。〔赤四〇四－二〕 定価一〇〇一円

……今月の重版再開……

曲亭馬琴著／徳田 武校注

## 近世物之本江戸作者部類

定価一二七六円 〔黄二二五－七〕

実吉捷郎訳

## トオマス・マン短篇集

定価一一五五円 〔赤四三三－四〕

定価は消費税10％込です　2025.4

## 岩波文庫の最新刊

サン＝テグジュペリ作／野崎 歓訳
### 夜間飛行・人間の大地
「愛するとは、ともに同じ方向を見つめること」――長距離飛行の先駆者＝作家が、天空と地上での生の意味を問う代表作二作。原文の硬質な輝きを伝える新訳。
〔赤N五一六-二〕 定価一二二一円

久保田淳校注
### 百人一首
藤原定家撰とされてきた王朝和歌の詞華集《アンソロジー》。代表的な古典文学として愛誦されてきた。近世までの諸注釈に目配りをして、歌の味わいを楽しむ。
〔黄一二七-四〕 定価一七一六円

ショーペンハウアー著／藤野 寛訳
### 自殺について 他四篇
名著『余録と補遺』から、生と死をめぐる五篇を収録。人生とは欲望が満たされぬ苦しみの連続であるが、自殺は偽りの解決策として斥ける。新訳。
〔青六三二-二〕 定価七七〇円

ゲルツェン著／金子幸彦・長縄光男訳
### 過去と思索(七)
(全七冊完結)

一八六三年のポーランド蜂起を支持したゲルツェンは、ロシアの世論から孤立し、新聞《コロコル》も終刊、時代の変化を痛感する。

〔青N六一〇-八〕 定価一七一六円

……今月の重版再開……

中 勘助作
### 鳥の物語
定価一〇一二円
〔緑五一-二〕

中 勘助作
### 提婆達多
定価八五八円
〔緑五一-五〕